张伶青年时期照片

张伶近照

张伶与妻子结婚时的合影

张伶妻子夏素银近照

张伶承德老宅前院照片

张伶承德老宅后院照片

张伶家乡照片

张伶家乡照片

张伶在贵州小孔桥旁边留影

张伶在南极留影

追
月亮的人

张 伶◎著

追赶月亮
就是追赶不断变化的时间
就是追求自己心中最美好的目标

中国国际广播出版社

图书在版编目（CIP）数据

追月亮的人 / 张伶著 . —北京：中国国际广播出版社，2022.6
ISBN 978-7-5078-5138-0

Ⅰ . ①追… Ⅱ . ①张… Ⅲ . ①回忆录—作品集—中国—当代 Ⅳ . ① I251

中国版本图书馆 CIP 数据核字（2022）第 092478 号

追月亮的人

著　　者	张　伶
责任编辑	梁　媛
校　　对	吴光利
装帧设计	有　森

出版发行	中国国际广播出版社有限公司［010-89508207（传真）］
社　　址	北京市丰台区榴乡路 88 号石榴中心 2 号楼 1701
	邮编：100079
印　　刷	廊坊市海涛印刷有限公司

开　　本	880×1230　1/32
字　　数	95 千字
印　　张	5.5
版　　次	2022 年 6 月 北京第一版
印　　次	2022 年 6 月 第一次印刷
定　　价	68.00 元

版权所有　盗版必究

自序：览尽风雨苦亦甜

岁月如梭，斗转星移。

1972年出生的我，如今已年近50岁。如果说人生如戏，那在我看来，生活在大千世界的芸芸众生，每一个人的人生都是一场自己编导的精彩戏剧。有的人演绎得光芒四射，也有的人演绎得平凡无奇。无论你是什么样的人生状态，只要是自己导演的，就都是最精彩的、最有意义的人生。

我出生在河北省承德县新仗子公社小营大队，一个极其偏远的山沟村。上小学时，我辍学离家外出去学习魔术杂技，在武校练功3年，去了天津当保安；失去父亲后，回老家建大棚种黄瓜、结婚成家，后面又去北京打工学技术，创业干绿化,旅行看世界。白云苍狗,溯前尘往事,真是月光相伴,艰辛前行,览尽风雨苦亦甜。

在老家承德,我和妻子勤俭持家,披星戴月,常常要借助明亮的月光去下种、栽培、浇水、施肥、采摘、打包、装袋;然后赶集销售,解决温饱。后来我和妻子去北京艰苦创业,栉风沐雨,经常加班加点地提前完成甲方的各个项目。在北京城的东南西北中,从二环到六环,天安门、金融街、鸟巢、国家大剧院、西单、复兴门,都留下了我们的汗水。

20年,往事亦在一挥间。我们夫妻相互鼓劲,相濡以沫,携手前行,共同创造了现在所有的一切,特别是她,辛勤培养了两个可爱且聪慧的儿子——红阳和朝阳。他们是我们大家庭的快乐之源和前行动力。

我白手起家,创建了一家有一定影响力的绿化公司。这一切真的是来之不易,但我主要想说的是,感谢曾经艰辛劳作的岁月和自己;感谢给予我奋斗力量和事业帮助的妻子素银;感谢公司的全体员工,从最初的几个人,发展到现在的上百人,公司和员工的关系,如同鱼水,群策群力,共同进步;感谢首都北京,给予我们一个无限大的舞台,让我尽可能做好我想做的事;感谢这个时代,没有这个伟大的时代,就没有我们蓬勃发展的园林绿化事业。

自序：开创人生的多彩之路

回首过去，曾经的经历，历历在目，平凡而精彩。我萌发写此书之念，并非想标榜自己。缘起一个做出版朋友的建议，我相信他们的想法是真诚和认真的。一方面记录自己的创业经历，留点生活回忆；一方面希望我的经历，带给寻常人家的子女一种向上的动力，激励和启发更多的人。

有很多朋友问我，为何将这本书取名为《追月亮的人》？因为，那是一段刻骨难忘的创业记忆，也是我创业的追求和希望。追赶月亮就是追赶不断变化的时间，就是追求自己心中最美好的目标。这段经历让我深刻感受到，付出和收获是对等的，要肯干还要巧干，要动手还要用心。一分耕耘，一分收获。

梦想，无处不在，唯有奋斗拼搏，才能把自己的人生活成自己想要的样子，把自己的生活染成自己喜欢的颜色。平凡，辉煌都精彩！

是为序。

张伶

2021 年 9 月，北京，广渠门

CONTENTS

目 录

第一章　童年生活···1
第一节　快乐童年···2
第二节　石壁上的石橛子路································5
第三节　我的父母···7
第四节　求学之路··11
人生感言：梦在远方，心在路上························13

第二章　成家立业···17
第一节　天津打工···18
第二节　结婚成家···21
第三节　大棚种黄瓜······································23
第四节　赶集卖黄瓜······································26
第五节　儿子红阳出生···································29
生活感言：寻路贵在坚守································31

第三章　艰辛创业 ·· 37

　　第一节　开小卖店 ·· 38
　　第二节　进入绿化队 ······································ 40
　　第三节　内心的觉醒 ······································ 42
　　第四节　创业起航 ·· 44
　　第五节　用心经营 ·· 47
　　第六节　提升专业技能 ···································· 50
　　第七节　时代机遇 ·· 52
　　人生感言：一切皆有可能 ·································· 54

第四章　奥运会腾飞年 ······································ 59

　　引　　子 ·· 60
　　第一节　鸟巢边的"承德团队" ······························ 61
　　第二节　天安门广场的景观 ································ 66
　　第三节　扮靓金融街 ······································ 68
　　人生感言：遇见更好的自己 ································ 70

第五章　人生交响乐 ·· 75

　　第一节　生活小爱好 ······································ 76
　　第二节　工匠精神 ·· 79

目 录

第三节　员工就是亲人 ································ 84

人生感言：家文化是企业之本 ························ 89

第六章　在路上 ································ 93

第一节　旅行看世界 ································ 94

第二节　珠峰之旅 ·································· 97

第三节　南极并不遥远 ······························ 101

第四节　大美瀑布天上来 ···························· 104

第五节　三山五岳任我行 ···························· 107

人生感言：一粒沙子看世界 ·························· 110

第七章　我爱的家人 ···························· 115

第一节　能干的妻子 ································ 116

第二节　红阳的成长 ································ 121

第三节　回老家 ···································· 127

人生感言：成功是一种责任 ·························· 130

后　记 ·· 133

张伶摄影集 ···································· 139

VII

第一章
童年生活

接受自己的普通,然后去拼尽全力地与众不同。

——张伶手记

第一节　快乐童年

20世纪70年代，我出生在河北省承德县新仗子公社小营大队，一个极其偏远的山沟村。它背靠着大山，村里只有一条窄窄的山路，从南边一直穿到北边。村子虽小，但村子里可热闹非凡：一会儿鸡鸣，一会儿狗叫，一会儿孩子们叫喊，此起彼伏。田间大人们劳动的身影，河边吃草的老黄牛，空中袅袅升起的炊烟，孤高陡峭的石头山，十几米深的涧谷，整个村庄就像是一处世外桃源。

村里只有7户人家，虽然人家少，但每家都有三四个孩子，一起玩耍的小伙伴可真多。我们基本都是被放养长大的，虽然物质生活很贫穷，但每天和小伙伴在一起追逐打闹，上山下河，

第一章 童年生活

一起捉迷藏、摘野果、捉蚂蚱,一起户外过家家,每当我想起儿时的这些生活情景,就是我最幸福快乐的时刻。

记得我五六岁那年,有一天,父母都去地里干活了,我和比我大4岁的姐姐一起去家后面的井泉打水。由于我没什么力气,就得靠两个人用水桶抬水,打好水刚走到一半,天空突然一声雷响把我俩吓得丢下水桶就往回跑,家里唯一的挑水工具被摔得瘪瘪的。

有一次,邻居家买了一台12英寸的黑白电视机,一天,正好赶上邻居家大人都出去干活了。那时候电视台正播动画片《大闹天宫》,我和邻居家小孩小国特别想看,可门上了锁又进不去,后来我俩就找个梯子,爬到窗沿上,把窗户纸捅破,开了窗户钻进屋里看电视。等大人回来发现后,把小国揍了一顿,打得他哇哇大哭。现在回想起来我还止不住想笑。

还有一次,我和小国、小青、小四几个伙伴商量好,你回家找点油盐,我回家带点米面,他回家带上小铁锅,大家一起去菜地找点蔬菜,然后去后山上找一个大石板(这个地方我们都管它叫"臭坑"),在上面生火做饭野餐,虽然也没做出什么,但每个人吃得别提有多香了。

随着一天天地长大,7岁的我该上小学了,由于家里离学校比较远,每天母亲很早就起来做饭,当背上妈妈自制的新书

追月亮的人

包时我心里特别美。在学校我认识了好多小伙伴,大家在一起学知识,下课一起追跑,非常开心。

　　由于家里孩子多,村民日子都很穷,每到暑假,我们就上山采蘑菇、采药、抓蝎子、割条子,去市集卖掉换零用钱买笔、本和好吃的。

　　现在一想起当时的情景,仿佛就像昨天发生的事,这让我禁感叹:那才是天真烂漫的童年啊。

第一章　童年生活

第二节　石壁上的石橛子路

从小营村四组向外走,有一段必经石壁之路(人们都叫它偏桥子),周围山峰林立,无路可行。石壁如斧劈刀削一般,在羊肠小道都没有办法再行进的地方,寸步难行,也可称之为绝境。然而,人的生存能力是坚韧而顽强的,就像石板下钻出头来的小草,只要有一线生机,它们就会紧紧抓住不放。

故土难离,这么多年来,村里四组的乡亲们一次又一次放弃了迁出大山的机会,含辛茹苦,艰苦劳作,繁衍生存下来,一代又一代。我听父辈们说,穷则思变,前几辈的人最后琢磨出了一个办法,给自己寻找出一条走出大山的活路,也是一条给后代们的生存之路、生命之路。这个大胆而又具体的做法是,在十几米高的石壁上,每隔一米便用钢钎凿一个石眼,然后深

追月亮的人

深打入石橛子，一根接着一根，再在石橛子上铺一根根木头，一根连着一根，木头上放上土，宽度不到一米，人们就在上面小心通过。

这个情景常常让我想到现在很流行的攀岩运动，脚尖踩定一点点突出的石头，双手抠紧一条条极窄的石缝，将身体尽可能地贴着岩壁，屏住呼吸，一小步一小步地往上爬。这和老家的石橛子路实在是太像了，现在的人将它视为惊险而刺激的户外运动，而我的父辈们，却是实实在在靠这种方式，谋生存，求活路。

就是靠着这条石壁上的石橛子路，一年四季，我的父辈们背着猪肉、鸡鸭、玉米、苹果、桃子、鸡蛋、野果子出去，在镇里的集市上卖了，再买些灯油、盐、衣服、鞋子和生产工具回来。带回来的不仅仅是这些生活用品，更是对明天的希望，对平日里付出的一种快乐回报。

逢上日子不好，刮风下雨，或者是冰雪交加，出不得门，那全家只能就紧巴巴地凑合着，窝在家里过日子。大人们修修农具，补补衣服，唠唠嗑；孩子们看书学习，嬉笑打闹。等太阳出来天晴了，再赶紧提着这拎着那，结伴而行，沿壁出山。

第一章 童年生活

第三节 我的父母

父亲张起成常说:"穷不可怕,最怕的是没有志气和想法。""想过好日子,要能吃苦耐劳,只有靠你自己的脚踏实地的努力才可以。"

父亲的这些话,从小就深刻影响着我。

在我的记忆中,父亲张起成担任村上生产队长已有20多年。他虽然读书不多,文化不高,但为人正直,办事公道,以理服人,奖罚分明;他虽也得罪过人,但口碑极好,很是服众,受人敬重。村里的红白喜事,议事评理,都是请他主事。父亲办事,从来都是一碗水端平,不偏不倚,合情在理,乡亲们都佩服他。

我清楚地记得,队里曾经有一对夫妻打架,女的呼天抢地,

追月亮的人

边哭边骂,非要喝农药自杀。父亲赶过去,见状忙劝道:"侄媳妇,别急,有啥事,张叔给你担着,喝啥农药呀?人死不能复生,活着多好啊,千万别做这糊涂事!"几句话劝醒了那个一蹦三跳的妇女,往山沟里甩掉了农药瓶子,救下了一条人命,保住了一个家庭。

在农村,要当好一个队长,还真不是一件容易的事,碰到粗野撒泼之人,那就得敢硬碰硬,不能胆小退缩,畏前怕后。

村里有一个40多岁的男人,他好吃懒做,明抢暗夺,蛮不讲理,大家都戏称他为"六皇上",谁见了都绕着他走,没人敢惹他。有一回,这个"六皇上"可能是嘴馋了,带着几个小兄弟,来到张老奶奶家门口,扬言把猪拉走,宰了吃肉、喝酒,让哥们几个高兴高兴。至于钱,说以后再说。张老奶奶辛辛苦苦几个月将猪养大,说什么也不让他进猪圈,可他们非要进去牵猪。

说话间,我父亲闻讯赶来了。他一个大步站在猪圈门口,双手一抬,挡住了"六皇上",对他说:"你这事办得不对,买卖公道,一手交钱,一手交货,没钱凭什么牵走张老奶奶的猪。人家不答应,你就不能胡来。今天我把话撂这儿,你听清楚了,拿钱牵猪,否则没门,猪毛你都别想扯走一根,赶快走人,别在这撒野,让人看见了笑话。"

"六皇上"一听气上心来,阴阳怪气地说道:"你这张老汉

第一章　童年生活

还真是吃了豹子胆，不给我面子，敢管闲事。"他边骂边出手，想推开我父亲，两个人互不相让，便厮打起来，你来我往，吵得不可开交。父亲和他推搡着，打着打着就来到了一处悬崖峭壁的边上，脚下的沙子路滑，稍不留神，俩人就可能溜下山底，那可真的就是生死难卜了。父亲面不改色，稳如泰山。"六皇上"见父亲正气凛然，丝毫不让步，只好先松了手，回家去了。

这件事很快便在山里山外传为美谈，无人不知，无人不晓，越传越有意思，越传越神奇，有点儿"鲁智深拳打镇关西"的味道了。乡亲们都异口同声说："这回咱们张队长真硬气，敢碰硬，不信邪，主持公道，是个难得的人物！"

因为队上和家里的事杂，孩子又多，父亲天天都是忙个不停，没日没夜，身心疲惫。在我18岁的那一年，老人家脑溢血突发，医治无效，撒手人寰，享年63岁。我很悲伤难过。

母亲刘桂英生了七个儿女，一个接一个带大，辛劳的同时落下个全身疼的毛病。没办法，母亲还得支撑着去地里干活，种玉米、红薯、高粱，拿它们去换一点儿白面。一位作家曾经写道，"女性酷似花，由盛而衰，献出全部的血肉，只为了她的孩子。"

我记得，零下二十几度的冬天里，冰天雪地，孩子们上学都不愿意爬出暖呼呼的被窝，喊都喊不起来，就是怕冷。母亲便早早起床，做饭，在土灶火前，挨个儿将孩子们的棉袄和棉

9

追月亮的人

裤烤暖和，烤暖一件递过来一件。她说："衣服热乎了，孩子们，快点穿上，吃了饭去上学，别迟到了！"

母亲和父亲为了让我们多吃点，自己每天省吃俭用。靠着家里田地的微薄收入，艰难地供我们上学。买不起书包，母亲就用家里的旧衣服剪成布料，给我们做成新书包。兄弟姐妹因为自己的原因都未上大学，这成为父母心中的缺憾，好在我们兄弟姐妹通过自己的奋斗拼搏，事业上都取得了一些成绩。母亲现在年纪大了，很多年前就跟着我来到北京，我们一家人现在过着属于我们自己的生活。

第一章 童年生活

第四节　求学之路

那个年代虽然物质生活贫穷,但是放养却给了我近乎奢侈的追求新鲜事物的自由。

记得15岁那年,听收音机得知河北保定魔术团要招生,我当时特别想去。后来我就苦苦央求父母,经过几天的努力恳求,父母也经过了深思熟虑后,终于答应我去保定学习魔术的要求。

学还未上完,我就第一次离开家乡,前往保定蠡县学习中国古典魔术。经过3个月的刻苦学习,我掌握了"仙人摘豆""空碗取水""大变金钱"等表演节目,3个月期满后又学了几个月马戏杂技后才回到家里。

回家里没有多久,因为看了电影《少林寺》和电视剧《霍

追月亮的人

元甲》，我又开始对武术痴迷了，再次苦苦向父母请求，父母那个时候没有钱，但还是希望孩子有点儿出息，学点本领，最后家里还是把仅有一点钱给了我。我如愿以偿，兴高采烈地出发，坐上前往保定易县清西陵少林武术分校的汽车，开启了我的3年武校生活。

我每天和学友们打拳、踢腿、跑步、站桩、练拳棍刀枪。硬碰硬，实打实，一拳一掌，一脚一腿，招招都得练习百遍千回。习武的人都知道，这可不是一件轻松事，"冬练三九，夏练三伏"，十年磨一剑，这里面的门道可多了，进去了才知道功夫深似海。

3年中，我除了练武，也结交了好几个知心朋友，大家一起吃饭，一起生活。有个叫张国义的队友，他是保定本地人，邀请我去他家好几次，他父母待人很热情，每次去都会给我做很多好吃的。

武校毕业回到老家，3年的刻苦学习也给自己的身体素质和打工创业奠定了良好基础。

第一章 童年生活

人生感言：梦在远方，心在路上

我始终这样认为，贫困并不可怕，可怕的是你放弃梦想，随波逐流，枉度一生。

当年小时候的玩伴们，还有几位仍然生活在那个偏僻的小山村，虽然只有40多岁，但已然没有了生活的闯劲。艰难还在困扰着他们，他们还在几亩地里早出晚归讨生活。还有几个因病致贫的同学，生活举步维艰，我就请他们来公司做点力所能及的事，以解决生计问题。

这让我明白了，人想要走出去，要敢想、敢闯、敢干，才会有不同的机遇。

在漂泊的岁月里，也是最困难的时候，我开始对生活、对命运、对人际关系、对家庭，包括对社会上的很多事，进行了

追月亮的人

比较深刻的思考，于是我不断学习提高，不断成长。而那些虚幻的事情也不会再去碰它，其中艰辛，不足为外人道也。

我庆幸在冥冥之中，似乎有一个声音总是在提醒我：张伶，你一定要走出大山；张伶，你一定要内心强大起来，吃得苦，找机会，会谋划，活出一个和父母命运完全不同的人样儿来。人们都说年轻就是资本，我认为只有不断脚踏实地地去做事情，你的资本才有价值；只有拼命干，你的年轻才不虚度。

在我看来，理想永远是从现实中孕育出来的，因为价值观，所以有梦想；因为没有梦想，所以才需要；因为很弱小，所以想强大。任何一条成功的秘诀，任何一种方法，都不能让你取得成功，除非你天天去验证它，实践它。有非常之人，然后有非常之事，有非常之事，才有非常之功。这个世界根本不存在"不会做"这件事，当你失去所有依靠的时候，你自然什么都会了。

想当年，那些能让我真真切切体会到生命意义的，能让我身心愉悦的东西，我都想在年轻的时候尝试一遍，哪怕是遍体鳞伤，那又怎么样。在还能做梦的年纪，那么轻易就选择放弃，难道真的不觉得惋惜？做个决定吧，成与不成，试过才知道，即使不成，至少将来不会因为错失良机而悔恨。

人生无来世，但求不要做一个默默无闻，自暴自弃，形同蝼蚁的人。朋友，在最困难的时候，一定要咬紧牙关，脚踏实地，

第一章　童年生活

千方百计地想办法，从小事做起，从当下做起，找准自己的定位，一步一步放飞自己的梦想。

要实现生命的价值，首先得自己看得起自己，要有信心，人生的意义在于努力进取。人生就是这样，选择什么你就会遇到什么，没有对错之分，只有承受与否。只要还有明天，今天永远都是起点。因为，绝大多数的我们，都需要在漫长的默默无闻里忍受，而那些随着时间流逝，获得的微小进步，就是时间回报给你的最真切的幸福。

我认为，一个人要不断深化和突破，一定要分析社会上各行各业的分工，选择最适合自己的路径发展。有时候我觉得，命运给予我一个比别人要低很多的起点，就是想激励我，让我不断进步，不断前进，用一生去奋斗，成就一个乡下小伙子"逆袭"的故事，这个故事关乎梦想，关乎勇气，关乎独立，关乎坚韧。

真正成功的主动权，其实就掌握在我们自己手上，不屈从命运，不甘于现状，不断地向前，以平凡之躯，迈出生命雄姿。能带给你人生奇迹的，不是抬头仰望，而是低头努力，每一个脚印都会见证你的成长，以更好的姿态迎接未来！

这些年来，我也慢慢总结了一些为人处世的心得，也是前人成功的一些经验，经常和朋友们分享，即惜时如金，抓紧时间；形成自我风格，处理好感情生活；了解自己的弱点，发挥自己

追月亮的人

的优势；善于理财，择良友而交之；学会知人善任，适时保持沉默；忠厚诚恳，<u>立业必须立身</u>；等等。

前路漫漫，梦在远方，心在路上。也许焦虑，或许迷茫，当你感到累了乏了的时候，就用那些微小而闪烁的亮点，聚焦成一个通向明天的阳光通道吧！人生本来是可以绚丽多彩的，千万不要让怨天尤人的尘埃，蒙住了你明亮的双眼。

祝你们成功，亲爱的朋友们！

张伶

第二章
成家立业

"干一行、爱一行,专一行、精一行",业精于勤,行成于思。

——张伶手记

追月亮的人

第一节　天津打工

从武校回来后,我就自己在家里练习,希望有一天可以找到一份工作。有一天我收到一封来信,一看是武校队友张国义寄来的,信上说天津河西区保安公司招一批保安,要求退伍军人或有专业技能,身高一米七以上,他也在那上班,希望我过去面试。

和父母商量后,我又一次离开大山,坐上火车,前往天津河西。几经周折,我在天津找到了武校队友张国义。经过他的引荐,以及保安公司的面试和考核后,我顺利地当上了一名保安。当穿上制服头顶国徽那一刻,我心情特别激动和自豪。

为了把这份工作做好,也为了珍惜这份难得的工作,我干

第二章 成家立业

得特别用心、细心和有劲，把社会责任和担当、企业利益放在我工作第一位。

记得有一次我在毛纺厂门口执勤，有辆汽车在厂门口把一个不到十岁的小孩撞倒，汽车司机想开车逃跑，正好被我和一个叫翟卫星的队友看到，我们立马上前将司机拦下，后来孩子家长出来与司机一起去医院检查，好在孩子并无大碍。

在毛纺厂上班，分黑白两班执勤。有一天夜间执勤巡视，我与队友孔路明在厂区巡查，突然发现远处的仓库附近，有个人影鬼鬼祟祟的，我俩立即追上去询问，发现此人是本厂工人，身后背了一大包毛线原材料。他看到事情败露，先是威胁说自己练过想动手，一看我俩一点儿也不惧怕，又话锋一转说给我俩点钱放了他，我们毫不犹豫地把他送到了厂保卫科。经过毛纺厂保卫科科长介绍，才知道这个人在厂里是个刺头，爱惹事，厂领导都让他三分。不过这次把他的气势打了下去，也受到了应有的处分。

由于我工作比较认真，业务能力强，经保安公司领导开会商议，任命我为保安队长，负责管理保安队员执勤、教操和训练工作。

后来我又先后调到深圳自行车集团天津分公司和一家银行做安保工作。在银行工作时，每天守着那么多钱，我感觉身上的担子更重了。我时刻保持警惕，发誓用生命保护国家财产与

追月亮的人

人民的生命安全，不怕牺牲，坚决捍卫头上的国徽尊严。

在天津干了几年保安工作，转眼到了结婚成家的年纪，经人介绍认识了我现在的妻子素银。她是我隔壁村子的一个非常纯朴漂亮的女孩，留着长长的辫子，瓜子脸。她家和我家仅隔着一道小山梁，两家之间也就有五里地的距离。我们一见钟情，很快开始了浪漫的恋爱时光，那时两家都比较穷，我们就开始规划怎么挣钱，怎么把日子过好。由于保安工资不高，我俩决定回到承德老家，一起奋斗！

第二章 成家立业

第二节 结婚成家

回到老家,我上面几个兄姐也都陆续结婚嫁人,母亲跟着哥哥生活,剩下一个20世纪30年代北方农村的旧院房。我们走进去一看,家徒四壁,杂草丛生,进风漏雨。这哪像一个家呀,就是一个很久没人居住的老房子。

安居才能乐业,要结婚成家必须得先将房子弄好,金窝银窝不如自己的小窝。我东借西凑,好不容易借来了一些钱,也没舍得花钱请人帮忙,就和素银一起,将几间旧房子前门后院好好维修一番,除草平地,砌墙上瓦,粉刷门窗,添置锅碗瓢盆,买来炕上用品,生火做饭,新生活就这样开始了。

我们结婚那天,久阴乍晴,阳光灿烂,格外温暖,新房布置得喜庆温馨,红红火火。我们是一个"三无婚礼"——无彩礼、

追月亮的人

　　无陪嫁、无电器。更为有趣的是，我是推着借来的自行车迎接我的新娘子的，来去可是十来里地呀。路上我们两个人有说有笑，一点儿也不累。微风吹拂，山欢水笑，情深意浓，人逢喜事精神爽！

　　记得那天出门去接亲，叔叔见我穿着一身旧保安服，看着实在是太寒碜，说这哪像个新郎官呀，便忙去大哥家借了一个外套给我，我穿上后走了几步，叔叔说还过得去。

　　人穷客少，家在深山少远亲，山外面也没几个亲戚来，周围就这么几户人家上门道喜祝福。老母亲，兄嫂姐夫十几个人，简单地弄了一个桌子饭菜，我们随便吃了点，喝点小酒，每个人都说几句吉祥话，快快乐乐，热热闹闹，这婚事就算是办完了。

第二章 成家立业

第三节 大棚种黄瓜

当时家里正赶上发展大棚蔬菜种植，好多人家靠种植温室黄瓜改善了生活。经过分析考察，我与妻子素银商量决定也搞一个大棚种菜，说干就干。由于山里没有适合的土地建造大棚，我们就找块地方一锹一镐把土坡整平。为了抢时间建大棚，赶上冬季销售的季节，白天时间不够用，我就晚上加班干，没有照明看不见，我就等月亮出来时再干。每月农历廿之前就干到后半夜回去睡觉，廿以后月亮出来的比较晚，我吃完晚饭就早睡，睡到11点左右月亮出来了，就起来继续推土平地。就这样日夜奋战几个月，大棚终于建成了，我们两个也累得瘦了10多斤。其中的艰辛只有我们自己知道。

建造大棚需要大量木材，因为没有钱去买，就得自己上山

追月亮的人

上砍刺槐杆，有一次我在雨里砍了一大捆，由于太重了扛不起来，我就把木杆滚到一高处，这样就不用平地起了，借助高地我总算扛了起来。两手紧紧地抓住木杆捆，山路崎岖光滑，往山上艰难前行，不一会儿头上就出了汗。此时还下起了雨，雨水夹杂着汗水流进眼睛，此时我知道不光是雨水、汗水，还有艰辛的泪水。尽管我的眼里十分不舒服，可是两手也无法松开木捆，我只能缓慢地、小心翼翼地行走着。我可以选择放下身上的压力，但是我明白生活的本真就应该是这样，我放下可能就是失败的开始，我告诉自己挺一挺就过去了，要做一个有担当的人。为了自己爱的人和爱自己的人我也要挺起腰杆，咬紧牙关，一步一步地往前走。

大棚建好，黄瓜秧也栽上了。记得大棚刚把塑料膜盖好，晚上就刮起了大风，由于担心风把塑料膜吹开，我赶紧起床去大棚那里查看。看到大风把棚膜刮得一上一下，我的心也跟着一上一下，担心刮飞塑料布，种的黄瓜就会冻死，损失可就大了。现在想起来还心有余悸。

黄瓜要想长得好，除了温度外，好的农家肥必不可少。问题又来了，去哪弄农家肥呢？几户人家的厕所都被我掏空了，后来我想到离家十里外的学校厕所是个取肥的好地方。可是白天去掏大粪又怕别人笑话，也放不下面子，那只有晚上去干。

记得那年冬天特别冷，我与妻子素银带好铁锹、手电和编织袋子，在夜里11点，推着单轮小车出发了。由于这个时间

第二章　成家立业

人们都睡了，不会看到熟人，所以也不怕人家笑话。我们走在路上，看到夜空中的月亮也陪着我们，它还可以给我们照亮山路。我们走了一个多小时，终于到了地方。妻子素银给我照灯，我用铁锹一遍遍地撬粪块，又将撬出的粪块装进袋子里，这一干就是几个小时，最后装好袋子放在车上捆好。

妻子素银在前面拉，我在后面推，到了家里天已亮了。我来不及休息，就把粪便放到棚里与水混合融化，一起浇在黄瓜秧下，有时粪便块把水沟水堵了，我就直接用手把粪便抓开。当时从没感觉粪便有多脏，有多臭，心里只有一个念头：这些粪便可是黄瓜秧最喜欢的营养，看到那些绿油油的黄瓜秧，我就想着要去学校厕所去给它们取营养。

北方冬天比较冷，有时一夜能下几十厘米厚的大雪，还会刮起刺骨的北风。妻子素银和我就先把草帘子上的雪一点一点扫干净，再起帘子，两脚都站在没过膝盖的雪窝里，素银的脚都落下病根了，经常会肿胀。

有时候，累得我筋疲力尽，真的想对老天喊一声："我的老天爷啊！"但我知道，风霜雨雪这都是人生磨砺，蚌病怀沙只为成珠，生活的雕琢会带来成长的疼痛，这只会让我更坚强。

我和妻子素银每天起帘子，落帘子，在温室里浇水、施肥、架秧，看到黄瓜的幼苗一天天长大，绿绿的一片，心中的喜悦与幸福一点点涌出。

第四节　赶集卖黄瓜

"功夫不负有心人"这句话让我深信不疑，在我与妻子素银的精心管理下，一棵棵黄瓜秧茁壮成长，很快就开花结果了，看到一根根顶花带刺的黄瓜，感觉那是平生最幸福的时刻。

黄瓜丰收了，但销售是个问题，由于温室蔬菜在北方冬天生长，很是新鲜，为了多卖一点儿价钱，妻子就得每天早上6点起来，将前一晚和好的面团揉好，包上几十个饺子或者切成面条，煮好后盛在大碗里，让我吃饱了，身上暖和了，好去卖黄瓜。我们装好黄瓜袋，并用棉被包好防止冻坏损了品相，然后去新仗子火车站坐火车去卖黄瓜。

有时会坐上几站或者十几站到营子、寿王坟、兴隆、马圈子赶集，我赶大集的地方是一个煤矿铜矿的生活区，工人和家

第二章 成家立业

属有几万人，对各种蔬菜的需求量非常大。那个年代的大集上，肉才卖3元钱一斤，我家的黄瓜又脆又甜，个头儿又大，汁儿多，价钱好的时候能卖到几元一斤，来买菜的很多人就等着买我的黄瓜。

每次下火车，抢地摊卖黄瓜就成了一大难题。好在我练过武术，脑子灵，力气大，眼神好，五步并作两步，扛着黄瓜，一路小跑，远远地先将秤盘子往前面一扔，摊位就算占上了，谁都别想再挤上来。可别小瞧这摊位，一是要地方醒目买家好找，一眼就能看见，才方便买家随时购买；二是要每天都得待在这里，别东一榔头西一棒槌，买家来了找不到你；三是善观察，会吆喝，随时调整价格，讲究的是黄瓜出手要快，价格实在，秤上公平，足斤足两。

除了抢位置，还要把握好节假日时间点，平日里每天能卖200来斤黄瓜，每斤卖7毛钱，赚得也并不是很多。可逢年过节，那可就大不一样了，黄瓜一下子能涨到几元一斤，一天就能赚到1000元左右，这个价格也能维持10天左右。这一年里，也就靠这个春节能挣点钱。碰到过年，我每天还会加一大袋子黄瓜，手提肩扛，连拉带拖，尽量多卖点货。

每天卖完了黄瓜，时近下午，我就在小摊上吃上一大碗热面条。有时去看个录像，理个发，洗个澡，这对于我来说，已经是很奢侈的享受了。每次卖完菜坐火车回到家，已是下午6

追月亮的人

点多或者是到晚上了。

还记得我去卖菜那会儿,家里的大棚草帘子最多时上百块,妻子素银一个人也忙不过来,邻居张学海及他的父母就时常来帮忙起落。现在,回想起此情此景,心中对他们仍有感激之情。

月光下,晚风吹拂,大棚如丘,珍藏着我的生活回忆和对未来美好生活的向往。

第二章　成家立业

第五节　儿子红阳出生

菜棚离山近,山风很硬,每天晚上落好帘子都得把缝隙处用木头和石头压住,以防被风刮开冻坏黄瓜,早上起帘子时还得一块一块地都拿开。就这样一干就是几年,忙得连要孩子都不敢,因为没有媳妇帮忙我自己真的干不了。

1999年,妻子素银怀孕了,要生的那天还挺着大肚子帮我在大棚干活,突然她说肚子疼应该要生了。我急忙跑进屋,抱上被子包住妻子,把她扶上小推车,直奔医院。到医院后,我焦急地在产房门口等候,随着一阵"哇哇哇"的洪亮的哭叫声,我的儿子出生了。我们给他取名张红阳,因为那是个冬天,取冬天的红太阳之意,太阳能驱走寒冷带来温暖。

红阳宝宝的到来给我们增添了很多的乐趣,他粉嘟嘟的小

追月亮的人

脸蛋，明亮清澈的大眼睛，奶声奶气的牙牙学语，让大棚的黄瓜地里流淌着从未有过的喜悦，好像每一根黄瓜都在微笑。

红阳出生后，大棚就我由一个人管理了，从种植到赶集销售，一个人既忙里又忙外，实在是忙不过来。一天两天可以，十天半个月，甚至几个月，这样一直下去就不是个事儿了。我和妻子素银商量后，决定不搞大棚了，我打算出去打工，她在家照顾红阳。

第二章　成家立业

生活感言：寻路贵在坚守

如果你问我,这40多年最苦最累的是什么？我会脱口而出：大棚种黄瓜。那时候很年轻，对世界的认识很有限，还很肤浅，还没有什么商业意识，读书又少，几乎没有可以借鉴的经验，完全是为了养家糊口，凭的是满腔热情和一身力气，还有就是妻子素银的鼓励支持。

我想，很多从农村走出来的企业家，可能都有和我一样的经历。这是一个必须经历的粗放式发展阶段，野蛮成长，无拘无束。或是继续，或是放弃，坚守梦想，历尽磨难，为了心灵智慧的禀赋，必须承受生命的苦难。事情就是这样的，绕不过去的，这是一个坎，就看你是怎么对待，能不能咬一咬牙，大步跨过去！

追月亮的人

如果一个人到了向土地讨生活的状态，那可以说是没办法中的办法。现实生活就是这样残酷。当然，大棚种黄瓜这4年，让我领悟了许多做人的道理，对人情世故也有了真正的体会，对市场需求、客户意识、质量标准和成本控制等，也开始有了一点朦朦胧胧的认识。雾里看花，水中望月，那都是隔了一层的，而种黄瓜的实践，让我得到了实实在在的启迪。

现在，我有时也和朋友们说起月亮下面种黄瓜的那段岁月，至今想来，我都为自己当年的那份乐观、勤奋、坚守感到惊讶。时过境迁，忙忙碌碌，我已经极少有时间慢慢回首这些往事。

老家旧宅院，3间瓦房坐北朝南，依然保存完好。怀旧的摩托车、木制的手推单轮车、小仓库、储藏室、长水管、粪桶、铁锹锄头，都在不大的后院放着。摸一摸它们，仿佛是和久违的亲人握握手，问个好，打声招呼。这里的一切，都代表着我们的过去，它们是我们永远都不会忘记的"老友"！

妻子素银偶尔会对我说，想想那时候真的是特别艰难，不知道那时是一种什么样的力量支撑着我们走过来的。有时候我甚至想，假如再回到从前，我们还能否像当初那样，从大城市天津回到那个藏在沟沟壑壑的小山村里，那样义无反顾，破釜沉舟，背水一战。还能否在狂风暴雨或大雪纷飞之中，像守护自己的孩子一样，守护那些让我们的生活得到改善的大棚和黄瓜。

每次谈起这些，妻子素银的眼睛都是湿润的，她望着远方，

第二章 成家立业

沉思着。只有我,才能读懂她的泪水,她的感慨,她的欢笑,因为我知道她在想什么。那些年,我们共同走过来的路,实在是常人难以想象的艰难困苦,但我们百折不挠。那时候,只要我们松懈一口气,稍微有点儿退却的想法,就可能像有的人一样,得到了贫困的安逸,失去了前行的梦想。

因此,我特别欣赏宋代大文豪苏轼在《晁错论》的一句话,"古之立大事者,不惟有超世之才,亦必有坚忍不拔之志。"想想在大棚种黄瓜的日子里,我每天挤上绿皮火车去卖黄瓜的情景,两百多斤的大筐扛在肩上,扛着的就是希望。前方是什么,我不得而知,如人们所言,只问耕耘,不问收获。

一个人不仅要战胜孤独,战胜贫困,有时候还要战胜恐惧,战胜对目标的忧虑、对前方的迷惘。这些都是对一个人心智的考验,对精神的一种磨砺。一定要活出让自己无怨无悔的人生,这就是我当年的信念。

建大棚,种黄瓜,4年风雨生活不寻常。富贵苦中求,为一般人所不能为,汗掉在地上摔成八瓣,一分钱作两分钱用,诚信是金,勤能补拙,抢占先机,等等,这些都是在这个时期在我脑海里扎下了根,慢慢成长,逐步定型,为我后来进入北京园林绿化行业奠定了基础。

这些收获,得之不易,用之不竭,还是那句话,感谢生活,感谢苦难,感谢亲人!

追月亮的人

有时候，找到大棚里种黄瓜时拍的那些照片，或是看到那时用过的一些农具——独轮小车，浇水管子，没用完的山柴等，都让我倍感亲切，思绪如海。因此，我对文学大师鲁迅先生所说的"希望本无所谓有，也无所谓无。这正如地上的路，其实地上本没有路，走的人多了，也便有了路。"有了很深的体会。

静静地想一想，人在十字路口的时候，很多选择其实都在闪念之间。一念天堂，一念地狱，报纸上的一条新闻，朋友的一句话，同学的一个信息，都有可能左右你的判断和抉择。人生的每一次选择，都意味着一次闯关或困厄，也可能迎来救赎，也可能面临风险。

如果那时候我们没有回老家建大棚种黄瓜，很可能就去南方打工，或在天津开一个小菜店，或弄一个包子铺、小超市（2001年我们初到北京，就开了一家小卖部）。那样，人生之路可能又是另一番景象。所以，人生的路具有不可预见性，这也就是人们常常将命和运分开来说，命是天注定，运靠后天补，而这个后天补，80%靠的是你自己的感悟、慧根和勤奋。三分天注定七分靠打拼，敢拼才会赢。

人生如棋，变化莫测。命运是一只无形的手，它轻轻挪动一下棋盘上一个棋子，就可能改变整个局势，或直捣帅府，或满盘皆输。从整体上来说，成功者总是极少数，这就给人们敲响了警钟，创业必须选准目标，不可妄自菲薄，但也不能脱离实际，好高骛远，铤而走险。要切实结合自己的优势，看清自己的劣势，研究市场，扬长避短，稳扎稳打，贵在坚持。这样，创业的第一步才有可能走得又稳又好，为今后的发展打下坚实的基础，收获充满希望的明天。

孔子说，"学而时习之，不亦乐乎"，又说，"吾日三省吾身"，创业多思之，不亦乐乎。不善于思考的人，难以前行；不善于总结的人，难免走错。

以上浅见和朋友们分享，祝福你们！

张伶

第三章
艰辛创业

"博观而约取,厚积而薄发。"选自苏轼《稼说送张琥》

——张伶手记

追月亮的人

第一节　开小卖店

4年大棚种黄瓜的岁月,也该和可爱的黄瓜们,还有天上的嫦娥姐姐,说一声再见了!

2001年,我从河北承德老家来到了陌生的北京城。初来乍到,我并没有马上去找两个做园林绿化的哥哥,而是靠卖黄瓜的一点儿积蓄,先在海淀区清河街道上租了一个临街的小门脸,进了些日常生活用品,算是开了一个小卖部。

我心里想,每天除去房租,也能赚到一些生活费。当时我的想法是,自己对北京不熟悉,不了解,先别急着干什么,观察观察再干不迟,磨刀不误砍柴工嘛。我在状况不明的情况下,是不会盲目出手的。

我喜欢琢磨事,动脑子,出奇招,总要从常规的赚钱路子

第三章　艰辛创业

之外，找到更多的盈利点。比如说，有一次顾客来了，想买一条中华烟。我那巴掌大的小店里，位置又不好，哪敢进这么贵的烟呀。可我却能气定神闲地告诉他我这里有，但是在后面库房里让他稍等一会，我马上去拿。

实际上，我是从小卖部后门出来，一拐弯，就到了不远处的大商场，买了一条中华烟，急忙赶回来，加了一元钱卖给了这位顾客。如果直接如实回答，那我就赚不到这一元钱，那时候小钱也要赚，开支很大。

我的小店生意一般，但也得从早晨守到天黑，窝都不敢挪一下。这样干了半年，也没有赚几个钱，人天天闷在小店里，觉得对我来说真不是个路子。于是我和妻子商定，转让小卖店，去找两个哥哥，准备开始干起园林绿化。

追月亮的人

第二节　进入绿化队

北京清河永泰庄，好多老乡都在哥哥这里干绿化。我来到绿化队后，就从种树栽花、整地铺草开始，边学边干。因为有过种黄瓜的经验，我很快就掌握了这些技术。

在工地上一般管中午、晚上两顿饭。我就中午在工地吃饭，吃完饭，下午继续干活，晚上随车回公司宿舍。几乎每天都是晴天一身土，雨天一身泥。

妻子在宿舍里带儿子红阳，买菜、做饭、洗衣服，操持家务。日子艰难，我收工回家，沿路看见破铜烂铁、旧报刊和矿泉水瓶子，捡了卖给废品收购站，也能赚点小钱贴补家用。

绿化工资比较低，一天15元钱还不包吃，一个月下来剩不了多少。正当我发愁时，一个机会来了，队里开始包工栽草，

第三章　艰辛创业

每平方米1元钱,这个工作讲究横平竖直,间距十厘米左右,不能大也不能小,需要把成块的草皮劈开分栽成小块,和栽稻插秧类似,只是稻子栽在水里,而草要栽地上。

为了多挣点钱,我就买了一辆旧自行车,天还没亮我就自己骑着到工地了,中午不休息,晚上很晚再回去,一天最多时能栽300多平方米,就赚几百元。但是真的很累,腰酸背痛,干完活回家连动都不想动,走路腰都直不起来了。记得有一次栽了一天草,晚上是妻子素银扶着我回的宿舍。

一行行,一排排,站不能站,蹲不能蹲,力气全使在腰上、眼睛、双手,实打实拼的是身体,拼的是意念,拼的是时间。转眼间,在绿化队干了两年多,起树、打包、整地、平地、栽草、修剪、施肥、打药,园林绿化的每一样活我都干过,而且轻车熟路,还很有技术。这给我日后自己带队伍施工奠定了非常扎实的基础。

由于我们带着孩子,和工友们住宿舍不太方便,我咬了咬牙,在清河租了一个7平方米的小平房,月租金150元,三口之家也算是在北京有了第一个"家"。就这样,一干就是3年,除去吃喝拉撒,和卖黄瓜相比,略微好了一点儿。

第三节 内心的觉醒

那是一个初冬的晚上,天已经全黑下来了,我们坐在一辆1041的载货车上。驾驶室只能坐一个人,一般都是班长专座。我和工友们都坐在敞开的车斗里,外面下着雨夹雪。车一开动,风就跟着吹向我们,冻得每个人都蜷缩在一起。

车驶进城区,在等一个红灯的时候,我看见路旁一个母亲带着一个10岁左右的小女孩,那个小女孩抬眼看到我们时,随口说了一句:"哇,一车民工。"此时我听到这几个字犹如雷电在内心狠狠击了一下,自尊心也受到了强烈打击。在这座城市,连一个小孩子都这样看不起我们,不屑一顾。

当我把头抬起,又一幕刺激了我,路旁有一家餐厅,玻璃很大,里面的食客穿着时尚,吃着热气腾腾的火锅。看着火锅

第三章 艰辛创业

的热气,食客的笑容,再看看我们,冰雪相伴,寒风刺骨,饥肠辘辘,我陷入沉思:同样生活在一个城市,人与人的差距还是真实存在的。

我强忍眼泪,不让它流出来。我希望自己可以成长改变,当即痛下决心,不成功则成仁,没文化就学习文化,干粗活,干力气活也要干出个名堂,做一行就钻一行,干精一行。哪怕前方的路坎坷不平,布满荆棘,哪怕头破血流,我也要向前方冲刺,实现自己的人生价值。

第四节　创业起航

记得有一次，我帮一个朋友干点小活，他感觉我干活认真，肯卖力气，就多给了我几百元钱，我心里可高兴了。后来经过这位朋友介绍，我又去了沧州开发区接了个小活，这个老板也是感觉我实在，干活好，就让我找十几个人，把一个整地项目包给我，按每平方米整地7角计算。我当时马上答应下来，说没问题，一定干好。

接下项目后，还没有来得及庆祝和高兴，我就立马赶回老家，从老家找了10个老乡，个个都年轻力壮，是干农活的好手，加上妻子素银和我一共12个人，没有两天工夫，我和工友们就到了河北沧州项目所在地。

我们在一片荒草地上选择一个合适位置，然后架起旧帐篷，

第三章　艰辛创业

安营扎寨，埋锅造饭，饭后马上就开始整地。甲方项目经理李海英经过十几天的观察，特别认可我的这支队伍。活干得又快又到位，只是住宿条件差，生活比较艰苦。记得有一次睡到夜里，褥子都被雨水泡了，但是工友们的干劲儿一点不减。

3个月的工程提前完工，潘燕玲老板非常满意，还奖励了我两万元，加上工钱3万元一共5万元。3个月挣5万，那时的心情用高兴两字不足以形容，这也是我人生中挣得的第一桶金。

通过这件事也让我明白了一个硬道理，只要你把甲方的任务完成好就不愁没活干。沧州完工又回到北京，朋友介绍了一个在回龙观的江苏老板，我队伍带过去后老板非常认可，这一干就是3年。

我带的队伍和江苏队住在一个院。记得那时候江苏队伙食很好，每餐都有红烧肉。我感觉有点儿对不住工人，就和妻子素银商量，也让伙房每天给工人炖一个肉菜。妻子素银为了节省开支，每天自己骑个小三轮去十几公里外的菜市场批发菜。从此，工人的伙食改善了不少，平时都可以吃上红烧肉了。

有了工人们的认可，项目老板的肯定，我的工友队伍也在逐渐扩大。此时我已经带领百人以上的队伍了，同时服务了3个项目。他们对我的队伍非常认可，而且从来没有拖欠过我的钱，什么时候要就什么时候给。

追月亮的人

回龙观、四季青桥、北七家、仰山桥、八大处等地，我也接了几个大一点儿的项目，绿化讲季节，抢时间，有时候几个工地同时开工。上百名工人的吃饭重担，就落在了妻子素银的肩上，买菜、送菜、开着面包车，一个工地接一个工地送，三环，四环，五环，这一大圈下来，就得几个小时，半天就过去了。

工人不多的时候，妻子素银做饭用的是柴火，后来工人越来越多了，改烧藕煤，火力大，做饭快。做一次馒头，得用一整袋面粉，从和面，上蒸笼到起锅，上百个馒头，几大保温桶的白菜粉条炖猪肉，装上车往工地上送，每天都是这样。

这的我才算真正跨进了北京园林绿化界，后面的路便越走越宽广了。渐渐地，找我干活的人越来越多，我认真干活，从没给合作单位掉过链子。

第三章　艰辛创业

第五节　用心经营

当上了"小老板",有乐也有苦,百味杂陈。但只有时刻站在甲方的角度,用心解决项目中遇到的每一个问题,才可以赢得市场,才可以长久发展。

记得有一次,我们在阜成门到东便门二环两侧做铺草工程,工期非常紧,甲方非常担心我们队伍完不成任务,我拍着胸脯向甲方保证,回到工地立即行动,组织队伍,上百个工人就位,晚上、白天两班倒,干了3天3夜,提前3天完成任务。甲方非常满意地说,日后抢工你们队伍是首选。

还有一次,在香山奥运会射击场施工,由于栽植树比较高,运输不方便,路上被警察拦住不让通行。当时我很着急,情绪非常激动,我义正词严地对警察讲,能在北京举办奥运会,是

追月亮的人

我们国家努力争取来的结果,它是向全世界介绍中国、展现中国的历史性时刻。我作为一个园林人,能参与此次施工都几夜没有睡觉了,就怕耽误了工期,影响了工程竣工,你可以罚款、教育,但是不能扣车不让通行。警察被我说感动了,告诉我尽量夜间拉树,白天影响交通,我给警察敬了一个不太标准的军礼。

经过我们加班加点地抢工期,终于提前完成项目的施工,得到甲方的认可和肯定。

这样的例子数不胜数,记得我们在西城区金融街干活那次,是一个路树改造复壮工程,需要在路边挖2米深、2米宽、2米长的大树池改良土壤。我安排工人开挖,由于土质较硬,进度非常慢,工人也特别辛苦,好多人说用挖掘机替换,既省人工又降低成本,进度也快好几倍。我仔细观察了地形,发现施工路段情况复杂,管线之类的地下障碍肯定很多,用挖掘机一铲下去很容易破坏地下电缆、水管之类的公共设施,于是决定多加人手,决不上机械,安全生产必须放在第一位。

果然不出所料,工人挖着挖着就闻到一股燃气的味道,又小心地挖了一会儿,发现是市政燃气主管道发生轻微泄漏,我马上报告相关负责部门,避免了一次大的事故发生。通过这件事情,我更加深信,做什么事决不能心存侥幸,安全施工,文明施工,科学施工永远是第一位。

第三章　艰辛创业

还有一次，在北五环鸟巢体育馆施工，挖掘机把地下一根电缆挖破皮了，现场甲方工作人员建议，拿绝缘布包一下埋上接着施工。当时我正好在现场，我说这样处理不妥，需要立即上报布线主管单位，这么重要的赛事一点儿都不能大意。虽然停工带来损失，但万一出一点儿意外，后果不是钱能衡量的。甲方经理知道此事后对我说："老张干得对，关键事上不马虎。不存侥幸心理，和这样的队伍合作放心，也踏实。"

日夜备战终有收获，后来河北《燕赵都市报》报道了我在鸟巢体育馆绿化施工的这个项目，报道标题是《为奥运鸟巢戴上花环的人》，介绍了我在奥运期间奋斗的点点滴滴。

酒香不怕巷子深，园林工作者被人民称为城市的美容师。既然进入园林就要深入园林，一步一个脚印地走下去。这一走就是20年，20年如一日。20年前的事想起来仿佛就在昨天一样，历历在目。

追月亮的人

第六节　提升专业技能

为了弘扬精益求精的园林绿化工匠精神，激励公司园林人走"技能成才"之路，不断提高他们的业务水平，公司还经常开展绿化养护专业技能"实战较量"。通过行道树、绿篱植物、花灌木修剪3个项目，大"比武"，大检阅，优者重奖，展现园林人的精湛技艺。

我们请来专家当裁判，比赛正式开始，选手们需要在40分钟的时间内迅速上树，观察后开始修剪，原本树杈交叉杂乱的一棵棵路树，半小时过后，就变得外形美观，枝杈错落有序，通风透光，每棵都像是艺术品。

修剪完成后，选手们还需及时清理绿树下树杈，他们热情高涨，行动迅速，现场一片忙碌景象。最后评委组按照评定方

第三章 艰辛创业

案标准和技术规范要求,对参赛选手现场进行逐个打分,最终确定获奖名单,并依次发奖状。通过技能大赛活动,提高了工友们的技术水平和工作热情,选拔了一些技术能手,赋予了他们合适的工作。

第七节　时代机遇

我觉得，企业和人一样，是有生命的实体，同样有四大本能：生存，发展，增长，进化。为客户创造价值，这是一切的原点，这就意味着你要比竞争对手做得更好，只有这样，才能迅速做出行业口碑，做好一个又一个项目。

20多年来，我一步一步从草根闯到现在，在北京园林绿化界已经拥有一席之地，在这个行业中快速完成了发展飞跃。除了我们自身的吃苦耐劳、用心经营外，离不开时代蓬勃发展的大趋势，更离不开北京园林绿化大建设的大趋势。经过一代又一代园林绿化人的不懈努力，我们取得了辉煌的成就。新中国成立之初，北京市的森林覆盖率仅有1.3%，截至2020年年底，全市的森林覆盖率已达到44.4%，山区森林覆盖率达到58.8%，

第三章　艰辛创业

超过六成的国土已经被绿色覆盖。

　　北京年年添新绿，莺飞草长美景多。城市变美了，市民们的生活环境更加幽雅亮丽，蓝天白云，绿树成荫，百花齐放，风景如画，美不胜收。作为绿化人，我为以前所有的付出都倍感值得。

追月亮的人

人生感言：一切皆有可能

从承德老家到北京，对于我来说，是一个很大的跨越和挑战，这不仅仅是地域上的，更是视野和格局上的。一个从乡下来的人，当我第一次站在天安门广场上，看着人民大会堂、人民英雄纪念碑、毛主席纪念堂、中国革命历史博物馆，看着广场上的一切，鲜花、游人、仪仗队，我都有点儿不敢相信自己的眼睛，这真的是现实吗？

后来，我和很多北漂的朋友探讨过这个问题，为什么很多人这么苦、这么累，却依然坚持在北京漂着，3年、5年、10年，这是为什么呢？他们都和我一样，会不约而同地想到了一个词——机会多。

机会多，意味着人生的路径不是一成不变的，而是具有开

第三章　艰辛创业

放性的，多样性的，一切改变皆有可能。人不怕物质上的贫困，怕的是精神上的匮乏。北京是一个没有天花板的梦想之都，"丑小鸭变成白天鹅"的故事在这里每天都在发生。一条有价值的资讯，就有可能给你带来极为难得的商机，让你很快便抓住机遇，赚得盆满钵满，甚至改写你的人生轨迹。

这在承德的小山沟永远都是不可能的实现，想都不敢想。而这些，只可能发生在北上广深等一线城市。这里是中国改革开放的领跑者，是发展新理念、商业新模式的发源地，是人才济济的知识高地。这里的资讯四通八达，包容和宽容性极高。看看现在的网红直播，一夜之间就能成事，这在过去是想都想不到的。

我一直认为，思想上要穿越无形的墙，才能开拓视野。放大格局，观念一变天地宽，天下没有容易的事，认真了也就不难。人生要善于寻找机会，从一个领域突破到另一个领域，千万不可故步自封，守株待兔，夜郎自大，坐井观天。要想在某一个方面超越常人，就必须在这个方面下苦功夫。成功的路上没有捷径可以走，坚信"坚持"是最好的策略。你可以输，但不可以放弃，竭尽全力做你该做的事。要相信，你若坚持，命运自然会给你点赞、打赏。

我常常告诉公司的经理们，当初我创业的时候，就像一无所有一样去努力，其实哪里是像，根本就是一无所有。我拥有

追月亮的人

的财富只有清贫和艰难，它们让我深知，成功是一种责任，而不是一个梦想，成长比成果更重要，你只要坚持，再坚持，战胜艰难，成功的幸福随时都会来找你。

如果说创业的起点低，谁又能低得过我；如果说创业艰难，我可谓是难中之难。大不了横下心来，加倍努力，会做的赶快做；不会做的，赶快学会再去做。正如著名奥地利诗人里尔克所说："哪有什么胜利可言，挺住就意味着一切！"

所以，我深信这样的理念，把别人做不了的事情完成，把别人做了的事情做好，把别人做得好的事情做到极致。你应该看到，比你差的人，都没有放弃；比你优秀的人仍在努力，你就更没有资格说你无能为力。有时候，认真努力以后，你会发现自己要比想象的优秀得多，越努力，越幸运。我们总认为，是生活欠自己一个"满意"，其实，是我们欠生活一个"努力"。不要总是想着是否能够成功，既然选择了远方，便只顾风雨兼程。欲戴王冠，必承其重，哪有什么好命天赐，不都是一路披荆斩棘。

回想起我在大棚种黄瓜的岁月，日日夜夜，非常辛苦，付出了时光，也付出了健康，当然，取得的收获也是巨大的。有四句话我特别赞同：植根于内心深处的修养，为他人着想的善良，以约束为前提的自由，无须提醒的自觉。尽可能让自己成为一个被朋友们认可、欣赏、欢迎的人，其实，此时你离成功

第三章　艰辛创业

仅仅一步之遥!

我是一个热爱生活的人,同时也是一个特别务实的人,一步一个脚窝子,走好每一步。想到的事情马上去做,做好,做出个性,做成标杆。万丈高楼平地起,合抱之木,始于毫末,九层之台,起于累土,千里之行,始于足下。

我们都是追梦人,朋友们,加油!

张伶

第四章
奥运会腾飞年

人生没有白走的路,每一步都算数。

——张伶手记

追月亮的人

引　子

每一次发展，都标志着跨越，每一次跨越，都意味着品牌升级。在祖国的心脏——北京这个大舞台上，盛世华年，奥运召开，机遇无限，数风流人物，还看今朝。

我做的园林绿化，看似并非宏大壮观的事业，却一步一步改变着北京城的绿色人居环境，放眼望去，处处都是绿茵如碧，花艳果硕，莺歌燕舞。

第四章 奥运会腾飞年

第一节 鸟巢边的"承德团队"

当历史的车轮驶入 21 世纪的第一个十年，30 年的改革开放成果让中国成为世界主要经济体，基本上解决了 10 多亿人的温饱问题。而即将到来的 2008 年北京奥运会，则是中国向世界集中展示大国形象的一次极好机会，来自全球四大洋五大洲的朋友来到中国，了解中国，携手中国，拥抱中国。

《北京欢迎你》的歌声四处回荡，举世瞩目，嘉宾云集，来自天南地北的人们，届时将踏上这座古老而又青春、充满神奇和壮美的国土，饱览她无与伦比的文化与经济、风采和魅力。

对于很多企业和企业家来说，2008 年北京奥运会给他们带来了前所未有的井喷式发展机遇，他们全力以赴，精益求精，求质保时，实现了一个又一个新突破、新进展，谱写了一篇又

追月亮的人

一篇可歌可泣的奋斗诗篇。建筑、文化、道路、水电、餐饮，各显神通，齐头并进，而我的园林绿化事业，就是其中一曲豪迈的发展赞歌！

从空中俯瞰北京北四环的安慧桥西 1000 米处，奥林匹克公园便立于这里，北京城中轴线的北端，总占地面积 11.59 平方千米，集中体现了"科技、绿色、人文"三大理念，是集办公、商业、会议和赛事于一体的多功能超大型城市区域，这里集中了鸟巢、水立方、国家体育馆和国家会议中心等 10 个大型场馆，楼宇林立，博大恢宏。

我深知，北京奥运会对于我们来说，是一个千载难逢的发展机遇。我一定要抓住时机，精心谋划，干稳干好，集全公司之力，打一个漂亮大仗，打造出一个又一个样板工程、精品工程和品牌工程。

回溯到 20 世纪 90 年代，北京市为连接城市中心和亚运村，在北二环钟鼓楼桥引出鼓楼外大街，向北至三环后改名为北辰路，成为北京中轴线的延伸，西边建造了中华民族园，东边是国家奥林匹克体育中心（国家奥体中心）。

北京申奥成功后，中轴线再次向北延伸，成为奥林匹克公园的轴线，东边建造国家体育场"鸟巢"，西边是国家游泳中心"水立方"。纵观这两个风格迥异的建筑，一圆一方，完美体现了中国古代"天圆地方"的理念和思想。

第四章　奥运会腾飞年

一切仿佛都是风云际会，也是变化无穷，人的一生真正能够绽放的机会并不是很多，或许就是那么几次吧。如果是天赐良机，比如参与奥运场馆建设这样的世纪性鸿篇巨制，仅仅一次，也许就已经足够了，它完全可以让一个企业宏图大展，如鱼得水，实现一个又一个预期目标。

人生能有几回搏，像奥林匹克公园建设这样投资特别巨大的项目，是非常罕见的。

2006年至2008年，是我到北京创业以来最为紧张忙碌的3年。在奥林匹克公园，我承接艰巨的园林绿化任务，其工程量之大、质量要求之高、工程时间之长，是我们难以想象的，这里的园林绿化工程时刻考验着我和我的团队。

为了提高工程效率，确保时间进度，我决定在工地搭建简易住宿棚，安营扎寨，带领上百名员工吃住在这里，争分夺秒，日夜奋战。从晨曦初放到月上夜空，从烈日炎炎到雪雨纷飞，春去秋来，在一片又一片荒地上，植出了满园春色，繁花似锦！

按照合同的要求，我组织广大员工根据季节情况，种植银杏、国槐、玉兰、合欢、黄杨、法国梧桐、樱花、桃树和柳树等，乔木、灌木、花卉、绿草立体绿化美化一齐上，每天都是十几车的大树、灌木和草皮运进工地，如火如荼，紧张有序。

对所有工程实施网格化管理，工作目标和责任人上墙公布，日进度、周进度、旬进度和月进度逐级上报，核实确认，一丝

追月亮的人

不苟。待工程完工，公司先组织开展对标自我验收，然后加以调整，再验收，直至过关，终于在规定的时间完成了所有园林绿化任务，顺利通过了相关主管部门的工程验收！

态度决定一切，细节决定成败，奥林匹克公园园林绿化施工无小事，这根弦始终绷得紧紧的。

天安门广场和奥林匹克公园可以说是北京城南北两个最大的场馆式景区，而我有幸参与了其中的部分景观摆放工程，这对于从小营村石壁石橛子路走出来的我来说，是做梦都想不到的。

奥运会圆满闭幕之后，我专程开车带着母亲、哥姐嫂子们来了一趟北京城"自驾游"。车子经过天安门广场，上东三环，过安贞里，绕到北四环，来到奥林匹克公园。妻子素银指着那些葱茏的花木，兴奋地告诉他们："看，那一片树林是我们栽的！看，那湖边的花海是我们种植的！看，这里也是，还有那边，都是的！"

车子绕北京城看来看去，复兴门、金融街、西单、国家大剧院、前门、天坛、广渠门、东便门、亚运村、中关村，一大家人喜笑颜开，相机拍个不停，一路欢笑，一路惊喜！

午饭后，我们来到了龙潭湖公园。初夏柔和的阳光，伴随着轻拂的微风，掠过绿树、花丛、绿地和清溪，公园里人来人往，让人目不暇接。这里也曾经是我们挥汗如雨的工地，远近看去，

第四章　奥运会腾飞年

花如人生，人生似树，喜悦荡漾在我的心间！

进入园林绿化行业 20 多年，令我收获满满，静心想来，这三百六十行，的确是行行出状元，哪怕你只是一颗平凡无奇的螺丝钉，也要成为最标准、最坚实、最强大的那一个，只有这样，你才不会被淘汰！

第二节　天安门广场的景观

北京奥运会一闭幕，紧接着就是2009年新中国成立60周年庆典的到来。按照惯例，天安门广场、十里长安街、王府井大街、西单广场、国家大剧院以及机场车站等重要街区，都必须营造热烈喜庆、欢乐祥和的节日氛围。

人们都说，国庆期间的天安门广场就是一个巨大的人造公园，这里不再是平日的一马平川，而是要山有山，要水有水，绿植青翠，花团锦簇，分外妖娆。公司接下了其中一部分绿色景观的摆放施工任务，这对于我们来说，又是一次"大考"。

天安门广场国庆景点项目施工，政治要求高，工程面积大，景观设计多，维护时间长。与其他工地不同的是，天安门广场绿色景观项目还有一个特点，要求不能影响旅游者观光，白天

第四章　奥运会腾飞年

不能施工，只能晚上干活。晚上摆花工作量非常大，时间要快，为此，我投入20多万元购买了两台二手中巴车，把工人的运送问题得给解决了。

另外，广场绿色景观项目还有一个特点，就是人工投入特别大，每一棵树，每一盆花，每一棵草，每一块假山石，都需要工人一个一个去做，省不得一点儿人工，几十个人一干就是一个通宵。第二天上午休息，下午做好准备，晚上准时进场接着又干，这样持续了将近一个月，终于在9月底全部完工，然后又进行微调，接受验收，全部通过。

10月1日上午，庆祝新中国成立60周年大会准时在天安门广场隆重举行。壮丽的天安门广场焕然一新，青山绿水，花的海洋、树的世界，亮丽炫目，人流如潮，令人惊叹！

从电视直播上，一次又一次看到了我们摆放的广场绿色景观，每一位为之付出的人们都引以为豪，"看，镜头对准了我们搭建的锦绣山河，还是特写镜头呢！"

与此同时，朝阳、海淀、东城、西城等区，都有喜迎国庆佳节园林绿化任务，时间紧，要求高，任务重。多的时候十几个工地同时施工，我组织了上百名工人奋战在各个工地上，夜间施工，环环相扣，让每个地方都能在国庆节期间遍地开花。

追月亮的人

第三节　扮靓金融街

这些年来,公司生活和施工条件逐步从根本上得到了改进和完善,每天的工作都井然有序,有条不紊。年有目标,月有计划,周有考核,日有检查,责任到组,各负其责。无论是在多么艰难困苦的情况下,比如说,2012 年 7 月的北京特大暴雨灾害、2020 年的全国新冠肺炎疫情等,公司上下团结一心,众志成城,千方百计,攻坚克难,共创未来。

在我的记忆里,北京金融街园林绿化施工项目是印象最深的一个。这里是北京以高端金融为主题的重要新街区,高投入、高品质、高起点,而园林绿化项目也和金融街总体定位一样,从总体设计到局部造景,从花木选择到栽种形式,都富有国际化的风格。我接下部分施工项目后,便紧锣密鼓地准备起来。

第四章　奥运会腾飞年

经过统筹安排，工程队如期进驻。出于配套建设、景观从快的考虑，这个项目移栽成树比较多，如油松、国槐、银杏、法国、枫树等，因此，确保成活率便成为重中之重。

进入施工阶段，我们先进行平地、筛土、优化土壤，将基础工作做好、做细，然后根据季节快速移植各类树种。严格按照规范标准检查每一处工艺，不放过任何一处细节。对于施工过程中，工人们忽略的地方，严格监督，认真整改，精益求精，筑造精工。

公司将大树的成活率责任到人，花的盛开维护责任到人，绿地的浇灌和卫生保洁责任到人，"三到人"制度责任分明，奖优罚劣，确保项目如期保质保量顺利完成。

追月亮的人

人生感言：遇见更好的自己

　　我曾经吃的苦太多了，说真的，我都不敢回忆那些令人心酸的时光，有时候做梦梦到了过去，醒来是一脸的泪水！正如戏剧大师莎士比亚所说："斧头虽小，但经多次劈砍，终能将一棵最坚硬的橡树砍倒。"是啊，只要有信心，有恒心，有决心，有耐心，在我看来，什么样的困难都可以战胜。不经一番寒彻骨，怎得梅花扑鼻香！

　　著名词作人方文山曾经说，年轻人要通过努力，成为自己想要成为的人，在朝目标迈进的过程中要累积故事，构建人生的"风景区块"，让自己成为一个有故事可以说的人。我听了很多他作词的歌，受到了很多启发。

　　在北京的20多年，凭借园林绿化建设上的付出，我赢得

第四章　奥运会腾飞年

了人们的尊重。我一直认为，别人是否尊重你，那是别人的事，你是否值得尊重，那就是你的事了。

从奥运会场馆、天安门广场和金融街这3个大的园林绿化项目中，我们收获了很多的经验，当然也有一些小小的教训，实现了公司发展上的"三级跳"。对于像我们这样名不见经传的小公司来说，要感谢时代的垂青，这是幸运的，可喜的，更是十分难得的。

我注意到，有一些年轻人，视工作为畏途，完全是以养家糊口的无奈状态去对待单位、对待工作的。还有一些年轻人，他们最喜欢的就是"事少钱多离家近"。

而我不是这样认为的。兴趣和热爱是工作中的两个要点，能够从事自己喜爱的工作，那当然是一件好事，然而，更多的人可能从事的是自己完全没有兴趣的工作。我们要善于学会在工作中寻找快乐，只有这样，才能尽快走入职场，熟悉工作，创先争优，实现梦想。

一个有目标且勤奋的人，即使别人一时看不到你的价值，把你看成是普通的人，这也没有什么关系。我曾经就是这样的人。因为我知道自己的未来发展方向，所以会在自己的生命旅途中，将智慧的种子撒播在通往梦想的路上。不管是一朵残败的花，还是一片熬过夏季的叶子，都有它存在的意义和价值，更何况是一个充满活力且可塑性很强的年轻人呢。

追月亮的人

我觉得,作为一个年轻人,一定要做到珍爱自我,坚信自我,做好自我;勤奋工作,善于学习,持之以恒,进取不懈,这才是改变你人生命运的至为重要的方式,也许是唯一的方式,别无选择。

时光如梭,往事似梦。当忙碌的岁月穿越难忘的记忆,当汗水滋润出繁花的美丽,就如同20多年前的我们在老家大棚种黄瓜的日子,默默承受着命运的艰难,以乐观的心态面对辛酸。一个闻着粪便都是香的人;一个挤在汗臭弥漫的车厢里,扛着200多斤黄瓜的人;一个为了赚一元钱可以穿越几条街飞跑的人;一个一天可以栽草300多平方米的人;一个累倒了睡在家门口的人,那个人就是我,一个在逆境中从来没有放弃梦想的乡下青年!

在一些活动中,我还发现有的年轻人有一个特点就是比较浮躁,缺少方向感、归属感。我觉得,唯有宁静方可致远,心静方可制胜。年轻人停止抱怨是修行的开始,懂得反省是修行的根本,学会转念是修行的诀窍,不要看别人的错,你得到的都是你的因果。不亏待每一份热情,不讨好任何的冷漠,感恩相遇与陪伴,每一天都值得珍惜。

人是需要在回忆中汲取力量的,"忆往昔,峥嵘岁月稠"。如果我是一个诗人,一定要写下感人肺腑的诗篇,讴歌和铭记那些年平凡与不平凡的一切,或者可以说是"一个人的绿色史

第四章 奥运会腾飞年

诗"。20年来发生的事太多了,悲欢离合,荣辱沉浮,历历在目,不胜枚举,3天3夜都说不完。

如果我是一个画家,一定要用手中的笔,描绘出在荒山坡、地坪上、树林中、花丛里,我们的工人们劳作与智慧闪光的情景。北京城区的园林绿化因我们而变得越来越秀美,生机盎然,我们的企业也因这座城市而发展壮大起来。

每每经过我们曾经的园林绿化工地,看着那些生机勃勃的花草树木,我都特别高兴,格外欣慰,像遇到了久别的亲人一样,走走看看,非常留恋。

北京是一个国际化大都市,公园众多,每当我漫步其中,最大的感受是中山公园的绿树参天,文化气息浓厚;北海公园的清波荡漾,碧荷连天;奥林匹克公园的气势如虹,深远壮观;朝阳公园的波光粼粼,花红柳绿;玉渊潭公园的樱花如云,西湖、中湖、龙潭湖,三湖连通,相互呼应,幽静如诗⋯⋯

对于这一切的美景,我们都了如指掌,如数家珍,因为这里面都有我们园林绿化工人的耕耘与奉献。也许辛勤付出后的快乐就在这里,金银不为贵,悦喜最上乘,心灵的愉悦和满足,是任何物质财富都取代不了的,它是无限而深刻的。

和大家分享,绿色梦,中国梦!

张伶

第五章
人生交响乐

愿所有的平凡都伟大,愿所有的苟且都开花。

——张伶手记

追月亮的人

第一节　生活小爱好

工作之余，我喜欢读书，品茶，收藏，更喜爱旅游。

读书，对于我来说，可能和其他人相比，另有深层次的意义，既是一种渴望（一种"补课"），又是来自心灵的需求。起初，我不会用电脑，不会用手机微信，给工作带来很多不便。于是我拿来儿子红阳的《新华字典》，根据拼音慢慢地学打字，很快便能熟练使用了。

慢慢地，我在手机微信上建了公司工作联系群、家庭群和朋友群，在上面布置工作，交朋结友，都非常方便。原来汇款、转账都要到银行柜台上去办，浪费很多时间，现在用微信支付、转款，十分便捷。人们都能学会的我也能学会，原来觉得很难，学会了感觉很容易。笨鸟先飞，勤能补拙。

第五章　人生交响乐

我读书涉猎广泛，除了品读园林绿化方面的书，看这方面的视频、照片，更多的是阅读文史哲和旅游书。生活是多维度的，我大概属于一个体验型的人，书上得来终觉浅，实践出真知啊。

每个人的人生不可能总是一帆风顺，把不愉快的事格式化，把苦闷忧郁的过去从记忆里删除清空，这样才能轻装上阵，更好地生活和工作。当你握紧双手，里面什么也没有，当你打开双手，世界就在你的手中，学会了放下，才能拥有更多。孔子在《论语·卫灵公》中说："人能弘道，非道弘人。"

一旦遇到好书，我会爱不释手，慢慢细品其中的内容。《中国通史》《道德经》《史记》《21世纪的管理挑战》《定位》《格局》《细节》等，很多平时弄不明白的道理，看完书后，马上豁然开朗！自渡是一种能力，渡人是一种格局，强者搭桥，渡人渡己。我觉得，人与人之间最好的相处就是相互温暖，彼此成就，悦己达人，立业先立德，做事先做人。

抓住时间，安坐书房，展卷墨香，任思绪穿越时空，与古今中外的先哲进行心灵对话，徜徉字里行间，感触收获良多。读书是人生永恒的主题，也是获取智慧和经验的重要途径。这些年来，通过读书提升自我，开阔了视野，提升了自己的理性思维能力。

我有很多朋友，新朋老友都有，北京本身就是一个超大的社交平台。判断一个人的层次高低，我主要看他有没有让你耳

追月亮的人

目一新的观点、周密的逻辑性和直击本质的洞见。其他的都可以包装，但觉悟到的层次、卓越的思维力、高维度的知见、一针见血的洞察力，这些是没法包装的，需要长期的学习、观察和修炼。

我也喜欢收藏一些书画作品，修身养性，其乐无穷。以清净心看世界，以欢喜心过生活。"人间有味是清欢"，一半烟火，一半清欢，人生一半清醒，一半释然。

清代天津诗人查为仁在《莲坡诗话》中写道："书画琴棋诗酒花，当年件件不离它。而今七事都更变，柴米油盐酱醋茶。"对茶和紫砂壶我也特别喜欢，我收藏了全国各地的名茶，遇到自己喜欢的紫砂壶也会随缘珍藏。

经常一边看书，一边品茶。人生如书、如茶，浓淡相宜；人有个性，收放自如，掌控人生；从心所欲不逾矩，亦严亦宽大智慧。这些感悟，生活中随时都会有，用心体验，都会翩然而至。

茶能醉我无须酒，书能香我何须花。

人生哪有多如意，万事只求半称心。

第五章　人生交响乐

第二节　工匠精神

人们常说：三百六十行，行行出状元，凡做到顶尖极致的，莫不是那些多年来潜心于某一专业的人士。匠心独运，别出心裁，守正出奇，创新而为，都是在长期思考和行为聚焦下实现的。

当下中国，繁荣的商业都与两个东西有关，一个叫作互联网思维，另一个叫作工匠精神。已有300多年历史的同仁堂的堂训"求珍品，品味虽贵必不敢减物力；讲堂誉，炮制虽繁必不敢省人工。"，对此，我感触很深。

我觉得所谓高人，是痛到肠断能忍得住，困到绝望能行得通，怒到发指能笑得出，喜到意满能沉得下，财到眼前能看得淡。路是走出来的，历史是人写出来的，人的每一步行动都在

追月亮的人

书写自己的历史。不专注一事,不可能成就一业,本来无望的事,大胆尝试,往往就能成功。那些最能干的人,往往是即使在极其艰难的环境里,也仍然坚守成功梦想的人,他们不但鼓舞自己,也激励他人,不达目的,绝不罢休。

好花也要绿叶扶。公司有几员大将,他们可以说是我的左膀右臂,项目经理伊永华负责东城区的园林绿化,庄占革负责西城区,房振义负责前门东大街。他们在公司的统一部署下,有分工,有协作,心往一处想,劲往一处使,将主观能动性发挥到最佳状态。他们是能够让我放心的人,工程进度、质量、成本、维护全部交给他们,都办得很漂亮,我非常满意。

伊永华是承德县新仗子镇涝洼村人,今年57岁,原本在家务农,2007年他来到我这里,初来乍到,很多花木的名字都叫不上来,从来没有听说过。我让他慢慢学习,手把手地教他,种草、栽树、施肥、剪枝、栽植绿化带,长的有几公里。从小项目做起,后来就让他带队出去,让他负责片区,做项目经理。鸟巢周围的绿化项目接下来以后,他协助我,带上百号工人,整整干了快一年,说实在的,我从内心感谢他!

再好的市场也有做不好的企业,再不好的市场也有做得好的企业,逢山开路,遇水架桥,方法总比困难多。从粗放式、拍脑袋管理到精细化、专业化运营,我也经历了一个不断摸索、逐步前进的过程。时代在发展,历史在前进,一吼三哄、鞭打

第五章 人生交响乐

懒牛的管理方式一去不复返了,专业化、制度化、数据化管理越来越科学,这都是我正在加强和完善的地方。

比如说大树移栽,是技术含量比较高的施工。大树移栽必须带足原根系土壤,出多少立方的土都要严格计算,而且千万不能"伤筋动骨",对细小的根系都要十分小心,需要用吊车将树缓缓吊起来,放于大卡车上,还要在规定的时间内,加湿防风,及时送达移栽目的地。

移栽一棵大树,有时需要十几个员工,吊车、小挖机、铁锹、锯子、洒水器,一齐上。快的一天能完成,慢的需要几天才能移栽成功。

2012年,公司有一阵子在磁器口集中移栽了很多大树,都是几十厘米粗的白蜡、香椿树等。我们移栽一棵树,前前后后用了5天时间,慢工出细活,我们一点点地起土,生怕伤着小树根。

园林绿化分两个阶段,一个阶段是施工建设,花草树木,以栽种为主,讲求的是规划好、抢季节、严要求,突出一个"快"字;另外一个阶段就是常年维护,注重的是强制度、压责任、讲实效,突出一个"勤"字。

园林绿化的维护难度并不亚于施工建设,城区绿化风光带星罗棋布,点多面广,春秋两季尚可,冬夏两季便是严峻的考验。冬天里,冰天雪地,厚雪坚冰,树枝不堪重负,容易折断。

追月亮的人

小树枝还容易处理，粗壮的树杈断裂在地，如果不能及时处理，就有可能影响交通。我们在公司待命，随时派人前往，必须在规定的时间内将现场处理干净。

而烈日当头的夏天，工人们更是辛苦，每天都要按时浇水，修剪枯枝败叶，灌木每年修剪3次，刮风下雨要及时出去巡查、抢险。凡是绿化区中的各种垃圾，大到破纸箱、塑料桶，小到矿泉水瓶子、快餐盒，哪怕是风吹过来的一个塑料袋，都是由绿化工人负责处理，每天巡查时间都在9个小时左右，来回几十里地。在护城河边，在通惠河畔；在东便门外，在前门大街，从清晨到黄昏，都能看到绿化工人们辛勤的身影。

员工们在公司里爱学习，讲奉献，业务技能不断提高。2018年，优秀员工张银堂、张文、房振义在北京市东城区绿化二队组织的职工业务技能系列之冬季植物修剪比赛中，荣获第一名。高瑞军、张文在东城区园林绿化局工会和管理中心组织的2017至2018年度冬季植物修剪比赛中，荣获三等奖。伊永华在2019年度国槐修剪比赛中，荣获三等奖。公司在东城区绿化二队组织的冬季树木修剪比赛中，荣获外包组第一名的好成绩。这一切，都是企业品牌的逐步累积，也是员工们大步向前的铿锵足音。

著名作家冰心说："成功的花，人们只惊羡它现时的明艳，然而当初她的芽儿，浸透了奋斗的泪泉。"公司外的很多长期

第五章　人生交响乐

合作伙伴,像张永龙他们,不是兄弟胜似亲人,多年来支持和帮助我。这些年来,正是因为有他们的不断鼓励和关心,我才能很快进入到城市园林绿化这个既传统又充满挑战的行业,从第一棵小草、第一株小树、第一朵花开始,逐步放飞我的所有梦想。

回忆起 20 多年前,也就是 2001 年,从家乡承德初到北京的创业时光,留给我的回忆和感悟实在是太多太多了。我也从来没有想到过,自己会有这么一天,曾经穷得连初中都上不起的山里小伙子,会成为首都北京的"都市园林绿化美容师"之一,为这座世人瞩目的千年古都披上无边的春色,植下绚丽的花海,让城市的大街小巷变得更加美好,更有首都的生机气派,更加富有青春活力。

第三节　员工就是亲人

一个人的成功，一家企业的快速发展，自然会有很多道理。"天时地利人和"，这六个字高度精练，道出了成功的些许奥秘。六个字看起来简单易解，然而真正深层次大彻大悟的人，其实并不是很多，否则，社会上的成功者便如过江之鲫，数不胜数了。"运用之妙，存乎一心"，我对这六个字的理解可以说是思透悟深，并在实践上灵活运用，得心应手。

我知道做人要常怀善心，助人为乐，利他人就是利自己，对世界要常怀感恩之心，而不要怨天尤人，心中有怨恨的人，干什么都不会顺利。大哲学家卢梭说得好，当一个人一心一意全力做好事的时候，他最终必然是会成功的！

我来自农村，深知农村人的不易，特别是中老年人，文化

第五章　人生交响乐

程度低，工作经验单一，年老体衰，本该是含饴弄孙快乐之年，但他们为了家庭，为了儿孙，仍然希望进城做一些力所能及的工作，为家里增加一些收入。随着年轻人学历化程度越来越高，对薪资的期望值也随之提高，对职场的上升空间也越来越关注。因此，大城市的保洁、保安、园林绿化等工作，成为中老年农村人的不二之选。

我充分考虑到这一实际情况，尽量为中老年农村人提供工作机会，圆他们简单而又实在的梦想。我的用人原则是人品要正，以仁义待人。外地进京找工作的中老年农村人，常常慕名来到我这里找工作，如果年龄太大，身体欠佳，或有残疾，我都会对他们耐心讲清楚不能录用的原因，并请他们理解，然后给他们返程的路费等，帮助他们平安回家。

对员工的衣食起居也要考虑得很周到，公司食堂配备了四名工作人员，早、中、晚餐不但吃得饱，而且吃得好。每顿饭有菜有汤，荤素搭配，菜谱也不断调整，主食的种类也不少。食堂卫生要求严格，定期检查，杀虫消毒，这么多年来，没有发生过一起食品卫生问题。员工的宿舍也要通风敞亮，不潮湿，卫生保持清洁干净。

员工只有饭菜吃得香，干活才有劲，睡觉才安稳，工作更有精神头。少数民企一般都有拖延发放工资的陋习，我要求财务后勤处每月必须按时发放工资，兑现奖金，不得拖延。每逢

追月亮的人

过年过节,公司还为每一位员工特备年节物资,发粽子、月饼和水果,过年还有吉庆红包,年终总结表彰大会,颁奖聚餐祝贺。

园林绿化工常常在严寒大雪、雷电交加或酷暑烈日下工作,大家的健康和安全时有隐患。怎样来妥善处理这些事,每个园林绿化公司的做法都不一样,伤势较轻的比较好办,对于伤势较重的,比如说脑震荡的、摔伤腰、胳膊或腿的,那就需要一大笔治疗费用。有的公司老总可能想着如何推脱责任,不愿意出治疗费用,又需要一个说法,甚至聘请律师,和负伤工人亲属对簿公堂,结果律师费都超过了治疗费用。

我觉得工人既然是在工作时间因客观原因负伤,企业就应该义不容辞地负责治疗。工人们来到公司工作,就应该对他们的健康和安全负责,这是天经地义的事,员工是公司最大的财富。对在工地上受伤的工人,我们及时送医院,全力治疗,诊治费用从不含糊,我都采用实报实销。有时候也需要请律师走一下程序。

平时我也非常注重救急和养生,有时候朋友也会送一些难得的滋补品给我。有一次,一个工人在工地上受伤了,疑似脑出血症,昏迷不醒。我马上让家人把朋友送给我的急救药丸拿来,我当时就想着救人要紧。药到了,给工人服下后,他慢慢便苏醒了,缓解了很多,也争取到了最佳的救治时间。随后,我来到医院,带了一些补品递到工人手中。

第五章　人生交响乐

但凡雷雨交加的天气，为了防止树枝被大风吹断，砸伤路人或影响交通，工人们都必须冒雨上路巡视。有一次，在立水桥，电闪雷鸣，大雨倾盆，公司金师傅在扶树时突然被雷电击中。当时旁边的大树被电击得吱吱冒烟，他也昏倒在地，工友急电我，我接到电话立即开车赶到现场，将金师傅送往附近最好的医院抢救，挽回了他宝贵的生命。

很多跟着我干了 10 来年的优秀员工，他们现在收入稳定，而且工资逐年提高，从而大大改善了经济条件。这些年他们都在老家买了房子买了车，成家立业，结婚生子，过上了幸福的生活。对于初来北京，人生地不熟且身无分文的他们来说，这真的是做梦都想不到的。有时候员工买房，钱还差一点儿，我知道后，便主动将钱送到他手上说，"好好干，安居才能乐业！"

庄占革是河北省滦平县人，在公司工作了 17 年，终于在承德买了房子，很是高兴；司机王立功，32 岁，河南省兰考县人，跟着我干了 10 多年，现在有房有车，结婚成家；赵廷友，50 岁，在公司工作 17 年，是企业的有功之臣，有房有车，像这样的例子实在是太多了。

对于经济上有困难的员工，我伸出援手，排忧解困，雪中送炭。员工黄果祥，媳妇因病去世，负债累累，只身带着一个女儿，从小学一直供到考上大学，他实在太困难了。我尽我所能地帮助他解决问题，让他安心工作。

追月亮的人

有一些夫妻双双都在公司工作,我就想办法不让他们住大宿舍,安排单间给他们居住,这样便于相互照顾。伊永平夫妇、夏素萍夫妇、高瑞军夫妇等双职工,都在公司工作多年,是我最初创业时的第一批员工,一直跟着我干到现在。

第五章　人生交响乐

人生感言：家文化是企业之本

我曾经听朋友说，一些沿海城市经济发展很快的时候，每天都有很多创富故事刺激眼球。大家都忙于工作、应酬、交际，很难静下心读书，这与我们当下周围的情况比较类似，大家都是匆匆忙忙。

越浮躁的社会，越需要静心学习，通过读书品史，让我明白了很多世间道理。俗话说，听君一席话，胜读十年书。读经典名著，就是和高人对话，站在巨人的肩膀上，一下子就能看得很远，不需要你再千辛万苦翻山越岭，才能看到平时根本看不到的风景！

因为热爱，所以坚持，这世间，没有什么事情是容易的。我们企业倡导工匠精神，让管理向精细化发展，向管理要效益。

追月亮的人

一个人对于他所钟爱的事业，必定是全神贯注，倾其所有的时间、精力、兴趣、思考，好像在热恋中的爱人一样，一切都是主动而自觉的，快乐的，陶醉的，兴奋的。

俗话常讲，人非草木，孰能无情。其实我觉得应该是人同草本，都有深情。草木和人类一样，它们不仅是有生命的，而且是有情有义的，一枝一叶总关情。也许只有我们多年做园林绿化的人，才能听懂它们独特的语言，感受到它们的喜乐忧愁。

正是因为有了这份热爱，才有勇气前行在荆棘遍布的道路上。值得拥有的东西，往往来之不易，心之向往的地方，往往道路艰辛。只有勇于前行，方能遇见更好的自己。一个人的一生要经历多少风雨波折，岁月沧桑，而那些藏在心底的故事，那些飘逝在岁月深处的音容笑貌，令我们感动，催我们奋进。

这些年，我们致力于打造企业温馨的家文化，大家都是兄弟姐妹，只是分工不同，亲情凝聚人心，抱团才能前进。我们企业的工友们，离职的很少，他们将对公司的感情落实到了工作环节上，在无监督的情况下，做好细节上的点点滴滴，发自内心地尽职尽责。因为年龄和身体的原因，老员工离开公司的时候，都是依依不舍，泪眼相别。

春夏秋冬，百花盛开，绿意盎然，众声喧哗，这是一个充满生机和希望的绿色天地，它给北京城的人们带来了充满诗意

第五章 人生交响乐

的世界。春风杨柳依依,夏花嫣然璀璨,秋菊遍地金黄,蜡梅高洁芬芳,美了城市,美了人生。

于是,我们也会心一笑,顿悟了诗人为什么会欣然写下"艳压群芳众里真,风骚独领蕊传神"这样美妙的诗句和朋友们分享!

张伶

第六章
在路上

热爱漫无际,生活有分寸。

——张伶手记

追月亮的人

第一节 旅行看世界

多年以来,我始终坚守初心,园林绿化追求好上加好。我很少在办公室,更多的是在工地上,谈规划、做方案、抓施工。对园林绿化行业的热爱,已经融入了我的血液里。

好友说:"真的没有想到,原来全身心投入到园林绿化工地上的你,忽然来个180度大转身,给我们带来一个惊喜——成为一名旅行者,牛!"而我却觉得,也许这就是人生,除了认真工作,还可以旅行看世界,让自己热爱漫无际,生活有分寸。

"旅行能催人思索,在行进中的飞机、轮船和火车上,更容易让人倾听到内心的声音。"《旅行的艺术》的作者德波顿写道。从2012年起,我逐渐成为一个旅游的爱好者。

第六章　在路上

10年来,我只要有时间,就开始行走世界。飞天潜海,深入极地,探险索源,寻踪问迹,领略山川之美,饱览南山北水,品读湖海之韵。感受不同自然风光,人文风俗,提高自己的见识和认知。

当朋友们问我,周游天下的起心动念源于何时何因,我说:"我们不管工作多忙,都要拥有一双发现美的眼睛,内心始终保持走出去的欲望。机缘已至,条件成熟,身心渴望,付诸行动,与万物共情。"

俗话说人生都要先苦后甜,我是喝着黄连水长大的,当保安苦,种黄瓜苦,做绿化苦,现在有条件了,可以去更远的地方看看,为啥不马上行动呢?有的人总是说现在没时间,等忙完再说,这就等于光说不练假把式。我不是这样,身未动,心已行,随时随地来一场说走就走的旅行。

于是,紧张忙碌的我逐渐放下了许多,将公司的日常管理交给了精明干练的妻子素银(早就是夏总了)。在一个晨曦初照的凌晨,我出发了。这一玩,就是近十年的时间,我到过30多个国家和地区,国内的主要旅游景区基本上都去了。

风月同天,山川异域。一程山水一程风,行者无疆,见山是山,见水非水,世事洞明皆学问,人情练达即文章。我行走在山水间,眼在看,心在思,在万里征程中,我看到了意想不到的大千世界,领略了造物的神奇和真谛。

追月亮的人

　　世间所有的深奥哲理，有的写在了典籍卷帙、诗词戏剧之中，纸记笔载；有的则写在了地貌山川、风土人情之间。只有用心去看、去读、去听、去体察，才能感知云卷云舒，花开花落，享受天人合一的美妙与顿悟。

　　在云端，在海洋，在山川，在中国，在世界，没有边界的全方位的旅行，现代化的交通工具，便捷的通信技术，为我铺开了壮阔的朝圣之路．心之所想，旅行必至，知易行难，抚今追昔，兴废沉浮，千古一沾襟。

　　同样一个地方，一个景区，从影视和照片上看，和到现场、零距离、面对面，那种感觉完全是不一样的。在现场，那种视觉冲击力，那种一刹那的闪念，那种心灵震撼，完全可以征服你，让你热泪盈眶，一辈子都忘不了。那种感觉，无以言表！

　　翻看旅途中拍下的照片，制作的视频，写下的文字，点点滴滴都是真实体验感受，也是为人生书写的独特的注解。我会分享到朋友圈，让家人和朋友一起感受那份喜悦，感恩分享的快乐，正如辛弃疾在《破阵子》中所述："醉里挑灯看剑，梦回吹角连营。"

第六章 在路上

第二节 珠峰之旅

2019年10月上旬的一天，秋高气爽，天空碧蓝，秋天是北京一年中最舒适的季节。当人们享受着金秋风光的时候，我背起行李，向着梦想已久的珠穆朗玛峰出发了，这是我心里早就要攀登的一个重要目标，戈壁滩、大峡谷、冰质岩、雪豹、羚羊、苍鹰、金顶，这一切都充满了无限的诱惑！

那次去珠穆朗玛峰，我是只身前往，没开车，也没带司机，我先联系了一位熟悉沿途各方面情况的司机朋友，请他代驾，于是便踏上了进藏之旅。

我可以冒险，但不能涉险，临行前我上网查了很多资料，服装、食物、工具，还带了一些必备的药品，可以说是有备而去。

在向导的引领下，我们从最安全的地方起步，顺势而上，

追月亮的人

绕过巨岩,登上峭壁,有时候还需要有意停下来,让身体适应海拔高度的变化。每上几百米,视野也就随之一变,体能的消耗也越来越大。

山坡上,我看见不少用石块垒成的玛尼堆,也许是旅行者留下的。我也在周边四处寻找石块,垒了一个玛尼堆,此时此刻自己也像被融入到了这个神圣神奇之地。于是我默默许下心愿,祝愿所有朋友及家人,所求皆所愿,所盼皆可期。我缓缓地睁开眼睛,无意间发现在近6000米的山峰上竟然有植物生长,生命的顽强令人惊叹。

大漠孤烟直,长河落日圆。登高望远,一片苍茫,常常让人心生感慨。一个人在有限的人生中,面对无限的时空,从哪里来,向哪里去,何处是终点,什么地方是归宿,风仿佛在告诉你答案。

站在空寂荒凉的峭壁上,仿佛一切都静止了,我只能听到心跳的声音。方圆几百公里之内,人迹罕至,因此,也会有一点儿恐惧的感觉,好像不远处有很多野兽的眼睛在盯着我,人变得警觉起来,所有的神经都变得非常敏感,这种感觉在北京是绝对没有过的!

"喂!珠穆朗玛峰,你好啊,河北承德张伶来也!"终于,我攀登到了近6000米的高度,这也是业余攀登者能够抵达的极限。我对着远方的金顶呐喊,酣畅淋漓。高耸入云而又神秘

第六章　在路上

莫测的金顶，近在咫尺，又遥不可及。

作为人类，一直以登上珠穆拉玛峰彰显攀登伟力，自1953年5月29日人类首登珠峰成功以来，世界各地的登山者，都以在珠峰峰顶上留下足迹为骄傲和自豪，为此，很多人甚至付出了生命的代价。

通过网络了解到，1715年入藏勘测的楚尔沁藏布等人，是珠穆朗玛峰的最早发现者。1960年5月25日，中国登山队首次从北坡登上珠峰，鲜艳的五星红旗第一次飘扬在世界最高处。1975年5月27日，中国登山队女队员潘多和8名男队员再次从北坡登上珠峰，这在世界登山史上第一次男女混合集体登上世界最高峰。看看，作为女性的潘多都可以完成攀登，这可不是一般的体能，属实佩服。这种精神鼓舞了我，让我几次问自己：他们能上去，我为什么不能呢？3年武校练功，20年的体力劳动，40多岁的年纪，至少现在体力上和意志力上是我的最佳状态，所以我才有攀登珠穆拉玛峰的决心！

2008年，就在我带着上百名员工奋战在奥林匹克公园栽花植草的时候，5月8日，第29届夏季奥林匹克运动会火炬祥云被中国健儿带上了峰珠穆朗玛峰，成为奥运火炬传递史上海拔最高的传递站。

另外，还有年事已高的老人和年龄很小的女孩子，他们都登上了峰顶——2008年，76岁的尼泊尔老人谢尔钱成功登上

追月亮的人

珠穆拉玛峰，成为世界上登顶珠峰最年长者；同年 6 月 17 日，16 岁的女孩 Chhamji Sherpa 和父亲成功登上了珠穆拉玛峰，刷新年龄最小和第一对登上珠穆拉玛峰的父女两项世界纪录。

  2020 年 4 月，中国移动携手完成 5G 基站在珠穆拉玛峰 6500 米前进营地的建成开通，为攀登者提供了前所未有的优质通信服务。12 月 8 日，中国和尼泊尔两国就珠穆朗玛峰最新高程达成共识，共同宣布珠峰最新高程——8848.86 米，成为目前珠峰的最高点。

第六章　在路上

第三节　南极并不遥远

南极，神秘而浩远，是很多人向往的地方，一个"极"字，便显示出它的苍茫和危险。南极也是我一定要去地方，于是，我为了踏上南极之旅，着手咨询旅游公司，观看视频照片，强身健体，临阵磨枪，认真地准备着。

我在资料中了解到，南极被人们称为第七大陆，是地球上最后一个被发现、唯一没有人定居的大陆，相当于中国和印巴次大陆面积的总和。整个南极大陆被巨冰覆盖，它还是世界上最大的"沙漠"，气温低至 $-93.2℃$。很难想象这么低的温度是一个什么概念，似乎时间在那里都会被冰冻起来一样。

这一次，因为风险很大，我选择的是随旅游团去南极，全团总共有 100 多人，来自世界不同的国家。由于大家朝夕相处，

追月亮的人

很快便彼此相识，去南极要从美国坐飞机至阿根廷，再到地球最南端乌斯怀亚登船，轮船行驶五天五夜，途经德雷克海峡，最终到达南极。冰川、蓝冰、雪山、企鹅，最为珍贵的当数"千年黑冰"了。

到了南极，每天都会坐冲锋艇，探险队长带领上岛观光。一群群憨态可掬，步履蹒跚的企鹅，像一个又一个大腹便便的绅士，温和的目光闪动，用一种特别的鸣叫欢迎这些陌生的客人。

企鹅是柔顺的，没有攻击性，夏天它们常聚集在沿海一带。几百只，几千只，就像是召开什么盛大会议似的，构成非常具有代表性的南极奇观。只是企鹅粪便太臭，那味道让我想起了大棚种黄瓜的日子。"一个南极，一个承德，仅仅是一个粪便的臭气，就能让你将风马牛不相及的两个地方马上联系起来，穿越，绝对的穿越"，我回忆道。

如果运气好的话，可以远远地看到海豚、巨鲸等生物。它们悠然自得，偶尔一现，对远方来客好像已司空见惯，习以为常。它们是这里的主人，还没有被人猎杀的记忆，这是一种和谐的相处状态，而不是像在内地，山上动物一旦见到了人，便被吓得惊恐逃逸。

早餐时间到了，我没有吃旅游团发放的早餐，而是用户外热水器泡了一碗方便面，外加两根火腿肠，放了老干妈辣椒酱，

第六章　在路上

自由自在地坐到一边，边看边吃。吃饱喝足后，身上也暖和起来了，劲头也上来了。

在整个南极旅游的过程中，有个冬游体验项目，看着很多外国游客都勇敢报名，我也不甘示弱地报名参加了这个体验项目。其实就是刚下水的时间有点儿不适应，慢慢也感觉没有那么冷了。

旅行过程中，都会认识几名能人才子，其中云南的一位队友写了一篇非常美妙动人的诗词《南极与我》，深深地触动了大家的心。

这个时节南极没有黑夜，即便是夜里也是很亮的，就像平时阴天一样，什么都能看清楚。

第四节　大美瀑布天上来

站在飞流直下的瀑布面前，充耳都是雷鸣一般的巨响，我眼前是一片数百米的银色水幕，水汽扑面而来，像细雨绵绵。天与地都在震撼，恐惧已经被遗忘，人们仿佛惊呆了一般，在这神奇狂放的大自然面前，如同孩子，手足无措。

除了南极，我还去了世界最壮观的三大瀑布——尼亚加拉瀑布、维多利亚瀑布和伊瓜苏瀑布。这又是一次终生难忘的探索之旅、发现之旅。在大自然面前，我再一次被征服、被震撼："在它们面前，我感到造物主的巨大力量，恰如一切早已安排，河山如梦，大地沉吟！"

尼亚加拉瀑布位于加拿大和美国交界的尼亚加拉河中段，号称世界七大奇景之一，它以宏伟的气势，让所有的游人惊呼。

第六章 在路上

"尼亚加拉"在印第安语中意为"雷神之水",瀑布的轰鸣好似雷神在说话。从伊利湖滚滚而来的尼亚加拉河水流着流着,突然垂直跌落51米,巨大的水流以银河倾倒之势冲下断崖,声及数里之外,场面震人心魄,形成了气势磅礴的大瀑布。

瀑布的水流冲下悬崖,在峡谷里翻滚腾跃,演绎出急漩涡流,由西向东进入安大略湖。我沿河而走,与河流同行,且行且拍照,像是陪伴一位陌生的朋友,从湍急变为平静。坚如钢,柔似水,我看到了水的威猛和柔顺。

而维多利亚瀑布则位于非洲赞比西河的中游,瀑布宽1700余米,最高处有108米,宽度和高度比尼亚加拉瀑布大一倍,瀑布落下,声如雷鸣,当地居民称之为"莫西奥图尼亚"(意即"霹雳之雾")。位于西边的"魔鬼瀑布",气势磅礴,排山倒海,直落深渊。

我举起手中的相机,定格这飞流直下的壮观雄奇,几百米的柱状云雾,人们称之为"沸腾锅",波澜起伏,汹涌奔腾,震耳欲聋,空气中的水珠折射阳光,产生美丽的彩虹。在月色明亮的晚上,水汽便会形成奇异的月虹,这是我有生以来第一次看到!

再往前走,就是伊瓜苏瀑布,它位于阿根廷和巴西边界上的伊瓜苏河,凸出的岩石将奔腾急泻的河水,切割成大大小小270多个瀑布,形成景象壮观的半环形瀑布群。"神奇!真的是

105

追月亮的人

太神奇了,太震撼了!"我向着瀑布大声喊道。

随后,我来到了名冠全球的美国黄石国家公园,这里地貌丰富,有湖泊、峡谷、河流和山脉。气候多变,白雪皑皑,壮观的黄石大峡谷,久负盛名的老忠实喷泉,美丽的猛犸象温泉,这里拥有大量的野生动物,最多的是美洲野牛、麋鹿和羚羊。

黄石国家公园是世界上第一个国家公园,1978年,作为自然遗产列入《世界遗产名录》。公园中广袤的自然森林占地面积约9000平方公里,拥有已知地球地热资源种类的一半,共有1万多处。它还是世界上间歇泉最集中的地方,共有300多处间歇泉,约占地球总数的2/3。它也为其生物多样性闻名于世。

在美国旅行的过程中,我曾和教练一起驾驶飞机,翱翔在蓝天之上;我还深潜入海,触摸百年沉舰的苔藓。海面百米之下,奇若迷宫,感知海沟的深邃与神秘!

我周游30多个国家和地区,从"文明摇篮之一"的印度,到现代文明发达的欧美,从影响人类进程的战争遗址、大事件旧址,到鲜有人知的历史瞬间。在一次又一次的探索中,我整合着头脑中关于文明进程的散点式印象,想看明白人类依循怎样的路径,一路走到今天。

第六章　在路上

第五节　三山五岳任我行

俗话说："读万卷书不如行万里路,行万里路不如阅人无数,阅人无数不如高人指路,高人指路不如自己悟。生旦净末丑,神仙老虎狗,耍过猴,骑过马,见世面,这才叫多彩人生!"我是工作起来一丝不苟,做到极致;旅行起来特别放得开,想得通透,玩得开心。

除了出国旅游,国内的著名旅游景区,从南到北,从东到西,我先后去过南边的三沙群岛,北边的黑龙江漠河,东边的山东青岛,西边的新疆喀什,东南西北的景区基本都走过。"三山"走遍:黄山、庐山、雁荡山;"五岳"攀登:华山、衡山、嵩山、泰山、恒山;尽览"两河":黄河和长江;登上"三大名楼":黄鹤楼、岳阳楼、滕王阁;泛舟"五大湖":鄱阳湖、洞庭湖、

追月亮的人

太湖、洪泽湖、巢湖。江湖之水，浩浩荡荡，横无际涯，沙鸥翔集，岸芷汀兰，郁郁青青。

历尽山水，草木一秋，青葱岁月，被时间的风雨滋润，我作为一名旅行者，只有在山水之间，才能感受时间悄然过去，才能得到心灵的宁静。

一路风尘，一路感慨，四海归来，心如坐禅。所见所闻，让我对自然风物、历史风俗、神话传说，还有当下社会都有了更为深切的体会。

站在黄河边，我向往大诗人李白的飘逸豪放："君不见，黄河之水天上来，奔流到海不复回。"是啊，走近中华民族的母亲河，九曲黄河万里沙，西来奔腾决昆仑，咆哮万里触龙门，塬高漠碧云茫茫，黄河欲尽天苍黄。

驻足长江之滨，我想起了宋代大词人苏东坡的《念奴娇·赤壁怀古》："大江东去，浪淘尽，千古风流人物。故垒西边，人道是，三国周郎赤壁。乱石穿空，惊涛拍岸，卷起千堆雪。江山如画，一时多少豪杰。"

一路上我碰到许多风尘仆仆的背包客，他们就像久别重逢的亲人，我们相互加油、鼓劲、帮助。在跋涉中，我时常想起令我肃然起敬的先贤司马迁、郦道元、苏东坡和徐霞客。

看惯了海，更迷恋山，万水千山走遍，最美的要数沿途的风景。我特别心仪唐代诗人顾况的佳作《范山人画山水歌》："山

第六章　在路上

峥嵘，水泓澄。漫漫汗汗一笔耕。一草一木栖神明。忽如空中有物，物中有声。复如远道望乡客，梦绕山川身不行。"

山水知音，江河伙伴。去西藏，到新疆，进山东，走江浙，登海岛。我专程来到孤山，品味"梅妻鹤子"的意境，到著名湿地西溪，寻觅九个隐居者的故事。然后一路向北，山海关、乌拉盖、阿尔山、满洲里，进入草原的天堂。耳闻目睹的世界，就像一个胎记，烙在我们的身上。当我朝着岁月深处走去，这就是生命前行的记忆。

我先后和驴友们一起从新藏线、滇藏线、川藏线3条路线前行，并独自一人自驾走青藏线前往，去感受去西藏一路上的人文风俗和自然风景。我看到世界最高的公路阿里，见到了最美的泽普金胡杨，看到了最美雪山南迦巴瓦峰、贡嘎、梅里，被这里的日照金山震撼过；走过岗仁波齐山、帕米尔高原，走过塔克拉玛干沙漠、西藏林芝、雅鲁藏布江、玛旁雍措湖，见到了地球的最后一滴眼泪——纳木措湖。

大美新疆，一见难忘，赛里木湖，是让你看上一眼，就会记一辈子的地方，与众不同的仙境，卓尔不凡的美丽！

人生感言：一粒沙子看世界

在实现攀登珠穆朗玛峰的夙愿以后，我曾经在微信中写道："我庆幸自己攀登到海拔6000千米的珠穆朗玛峰高处，圆了我的珠峰梦！据统计，目前全世界总人口75亿多人，而至今登上珠峰的不到5000人，而我有幸成为其中之一，弥足珍贵！"

我之所以选择周游世界和全国旅行，无非就是3个想法：

第一，人生有涯，而知无涯。在做好公司的同时，应该尽可能地去亲近未知的世界。我们生活在地球之上，但对于它的了解却少之又少。我曾经开玩笑说，如果条件允许，我还想乘坐宇宙飞船，登上月球、木星去看一看。科学技术发展日新月异，我的这些想法在不久的将来也定会实现。

第六章　在路上

第二，我已进入不惑之年，依然要保持对未知世界的好奇心，发现更多的可能，在可以满世界跑的时候，多走走看看，而不是满脑子利润和数字。说到此，我还要感谢妻子素银，因为她的全面管理和专注投入，我才可以放心走遍世界，尽情享受旅途上的收获和惊喜。

第三，山水即是大地文章，只有经过历史风雨的洗礼，我们才能加深对周围世界的认识，感知大自然的无穷魅力。吃一堑长一智，察古而知今，旅行打开了我看世界的眼睛，打通了我观察、评估、判断和选择的任督二脉，这就是人们常说的高瞻远瞩，任何时候都不会利令智昏，意乱情迷。

当我从世界各地旅行回国，抵达北京时，似乎有一种莫名的陌生感，大自然的宁静与神奇会让我有近一个月时间不适应大都市的喧嚣。说得更为坦率一点，我甚至有一种本能的恐惧感，摩天大楼、车水马龙、灯红酒绿、各色人等。所以，这也许就是我一次次远行的理由。

有的人会旅行上瘾，有的人会见景被"美哭"，风景的魅力，让人魂牵梦绕。记得我走进人迹罕至的雪山，感觉是来到了一个奇妙无比的童话世界；还有转神山、转圣湖，心中升起从未有过的圣洁感。那些超凡脱俗的大美，人离开了，心还留在那里，这也许就是旅行的最高境界。

是啊，非洲草原五大兽，让你一次看个够，你会为此高

追月亮的人

兴。然而，当我们来到另一些地方，无论是乌干达濒危动物大猩猩，还是卢旺达濒危动物金背猴，都让我们沉默、无语、难过、反思。这里的一切，都是在提醒人类：保护地球，保护自然，和谐共生，就是善待我们自己！

旅游和旅行，我觉得是可以分开来谈的两种状态，我想，我应该属于后者。人只有在行走中才能真正地感受四季的变化，走在大山之上，你感受的是空间的变换，走在黑夜之中，你感受的是光明的珍贵；走在丛林之中，你感受的是绿色的气息。我们在旅行中，始终像是在寻找着什么，至于找到了没有，每个人都有不同的答案。

这种状态就很好，生活中并不是每一件事都有正确答案。也正因为如此，旅行才有了再次出发的理由。就像我当年从小营村四组走出来一样，那是一种难以言状的初心。走，也许是生命抵达终极目标的一种姿态吧。未来我将旅行的目的地还有很多，还有好多个国家和地区等待着我的到来，在时间中，这一切都将会慢慢变为现实。

旅游还让我结缘了很多的好友，他们来自各行各业，大家集思广益，取长补短。听了他们的故事，打开了一扇扇人生的窗户。一个人无论走到哪里，无论和谁行走，其实都是与自己同行。在大地上留下足迹，证明自己来过；在心中留下痕迹，证明自己活过。从某种意义上来说，这也许是对旅行的另一种解读。

第六章　在路上

　　每个人都有自己专属的诗和远方，也许就在身边，亦或就在眼前。当你的心真正静下来的那一刻，所有美好尽现眼前，让我们拥抱生活，拥抱大地，拥抱未来！

张伶

第七章
我爱的家人

在岁月里摸爬滚打,饱经风霜,辛勤付出,把所有的爱倾注给家人和事业,把所有的心血融入大地。

——张伶手记

追月亮的人

第一节　能干的妻子

　　站在人们面前，我们夫妻就是一对相对普通的人，也很难想到，我们曾经困苦地漂泊过、大棚里种黄瓜艰难过、初入北京园林绿化业辛劳过，以及在2006年之后，在越来越多的绿化项目征战过。

　　我打心底里感谢命运对我的安排，让青年时期一无所有的我，遇见了漂亮可爱的妻子素银，一位优秀的贤妻良母，一个工作上配合默契的最佳搭档。我这20多年的顽强打拼，如果没有妻子素银的全力支持，公司百分之百做不到现在这样。

　　我们一步一个脚印走来，以十分巨大且孤注一掷的付出，换来了命运根本性的全方位转变，实现了从一株小草向一棵参天大树的高强度的突变，过上了自己想要的生活。

第七章　我爱的家人

从2001年告别承德老家来到首都北京，我们从开小卖部开始，然后逐步进入到园林绿化行业，慢慢开起来自己的公司，直到公司快速发展壮大。可以说两次的巨大转变都是我和妻子素银商量确定怎么做的，一次是从天津回到承德种大棚黄瓜，另一次是从承德来到北京从事园林绿化业，这两步棋我们走得好，都应该感谢妻子素银对市场的敏锐性。这也许是一种女性特有的思维方式，将直觉和理性恰到好处地融会贯通，从某种意义上说，她不仅看得清楚，还肯干、能吃苦！

回忆起初来北京的那些日子，妻子素银最早是给园林绿化工地上的工人买菜、做饭、送饭，十几人、几十人、上百人的饭菜都由她一人负责。她干起来就像拼命一样，左手几十斤的土豆，右手几十斤的白菜，背上还扛着几十斤的大米，为了节省交通费，来回几里地都是靠走的。就这样走了一年又一年，从清贫走到了温饱，从温饱走到了小康，无怨无悔，乐观向上。

后来，我发现了妻子的经营潜质，让她参与了工地上的现场管理，我手把手地教她，讲授树花草的种植要求和生长规律。尤其是沧州市经济开发区园林绿化项目的成功，妻子素银在业务上学到了很多东西，她从后勤保障走到了一线管理，积累了经验，拓展了视野，对园林绿化建设的全流程有了基本认识。心有一盘棋，知微掌全局。

2009年以后，儿子红阳长大了，她可以放开手了。考虑到

追月亮的人

公司发展的需要,我有意识地让妻子素银逐步参与企业的全面管理、项目的前期洽谈和后期执行,她成了我最得力的助手。

2012年以后,我开始慢慢放手,让妻子素银处理公司日常各项业务,自己则开启了一发而不可收的世界和全国之旅,有时候一出国就是一个多月,妻子素银将公司打理得井然有序,有条不紊。

后来,在项目经理的协助下,妻子素银率领员工在龙潭湖公园、金融街、回龙观、西三旗、元大都等地施工,全面着手统管整片的绿化项目,整地、栽树、铺草皮、种花。

这期间让我印象深刻的一次是在2007年,公司承接了金融街部分园林的绿化施工项目。当时整个大街区,除了刚刚竣工的高档写字楼,就是成片的荒地,施工垃圾随处都是,都是一块一块的小石头、散落的碎砖头、玻璃渣子。"脏乱差"现象比较严重,绿化施工基础条件不好,可以说是一个相当"难啃的硬骨头"。

仅筛土这一个单项,妻子素银就带领工人们苦干了1个多月,如此之大的工程尾地,我还是第一次碰到。工人们将各种垃圾归类集中,组织多辆翻斗车,日夜抢运,平地成型,做好规划。

我组织园林绿化施工团队随即跟进,我们夫妻配合,协同合力,上百株大树运进了场地,上万朵鲜花等待栽种,一车又

第七章　我爱的家人

一车的草皮整齐摆放、挖坑、栽树、浇水、打支架、绿地铺设、花地维护，最终我们如期、保质、顺利地完成了任务，打赢了这场"金融街绿化之战"！

每年的"五一"国家劳动节、"十一"国庆节等重大节日，北京市的重要街区都要设计布置丰富多彩的绿色景观。这些园林绿化项目主题要求高、时效性较强、维护期长，工程难度不小。妻子素银合理调配力量，按时完成景观摆放任务，每次我们都能做到让主管部门验收满意。

妻子素银常说："人生路上有风也有雨，我们需要一个良好的心态，再艰难的路，只要不放弃，一直走下去，总会走到成功的终点；再不顺利的生活，撑一撑也就过去了。笑容，肯定会出现在坚守者的脸上。"

素银回忆，那时候西单广场的核心商城贵友大厦刚刚建设好，周围的园林绿化工程量非常大。园林绿化业还有一个显著特点，就是往往主体楼宇建设装修竣工后，等建筑团队全部撤出后才可实施园林绿色项目（一些大树移植业务可提前进入）。树花草一齐上，工期时间相对来说非常短，3天、5天、10天，都是突击完成，快速验收，最后正式开门迎宾，顾客纷至沓来。

作为一位吃过苦的人，妻子素银非常坚强且乐观。有时候，碰上我在外旅行，她在和客户方沟通时遭到误解或受了委屈，回到办公室关起门来，一个人默默流泪。当我问起公司情况的

追月亮的人

时候,她总是笑着说:"公司经营管理都很好,施工中的绿化项目进展顺利,你就开心玩,放心吧。"其实我知道她是想让我安心旅行,不要牵挂家里和公司的事情。

　　春夏秋冬情意浓,最是温馨和睦家。中秋月圆,新春佳节,端午时分,合家欢聚,其乐融融。和亲爱的家人们在一起,忙东忙西的素银,脸上总是荡漾着甜美的微笑,心里满是稳稳的幸福。

第七章　我爱的家人

第二节　红阳的成长

儿子红阳的学习成长之路，也是有曲有折，颇有特色，令人称道。我们租的小房子在北京一家驾校旁边，红阳便在附近的红星小学读一年级。

读二年级的时候，由于我们工作忙，实在没有时间照顾红阳。好在学校离家不是太远，我们早晨将午饭做好，留下一个小纸条，告诉儿子中午放学回家，怎样将饭菜热一热，吃了饭休息一会儿，下午再去上课，千万不要迟到。

每逢双休日放假，懂事的小红阳就跟着我们去工地干活，铺草皮，捡碎石头，清理垃圾。中午，和我们一起在工地吃饭，饭后，和工人一起睡在大马路边上的树荫下。天气炎热，我带着几十个工人，要铺好大一片草皮。红阳就给我们当一个小助

追月亮的人

手,学着栽一点点草。

北京城太大了,随着我们工地的不断东挪西移,红阳先后转过三个小学。后来园林绿化业务越来越多,我们早出晚归,照顾好他确实成了一个问题。怎么办呢?思来想去,最后我们和红阳商量,决定将他送回承德,在市实验小学继续就读,并将他托付给学校的优秀教师尹曼玉,吃住都在她家,相当于"全托"。

尹老师一家非常欢迎红阳的到来,待他特别好。尹老师有一个女儿,大红阳几岁,他就姐姐前姐姐后地叫个不停。在这里,红阳终于顺利读完了小学。少小离家,远别父母,甘苦自知。他很幸运,因为有尹老师全家对他的关爱和鼓励。他不仅学习成绩优秀,而且性格开朗活泼,还养成了乐于助人、积极向上的好习惯。

素银想孩子了,便忙里偷闲,时不时地来到承德市实验小学,看一看小红阳,给他带来新衣服、糖果零食等。分别的时候,红阳总是流着泪,望着妈妈远去的身影。

虽然尹老师和丈夫对他视如己出,关爱备至,她女儿待红阳如同亲弟弟一样,百般照顾,但他还是思念我们。到了双休日,他就一个人悄悄来到学校大门口边上的小卖部,给妈妈打电话,边说边哭。

读完小学,红阳顺利考上了承德市师范学院附中,等到儿

第七章　我爱的家人

子上完初二后，我们手上也有了一点儿积蓄，便在天津市武清区买了房子，给红阳上了当地的户口，将他转到武清区大良中学，读完了初三和3年高中。这四年，磨砺了他独立生活的能力，周一至周五住校，双休日回家，吃喝拉撒都是自己照顾自己，但毕竟是十几岁的孩子，学习一停下来，他还是很想我们。

有一年元旦节，红阳放3天假，他心想爸妈即使再忙，北京离武清区又不是很远，我们肯定会去看他，一家人热热闹闹过元旦，迎新年。结果他等了一天又一天，3天过去，我们也没有去，只是最好给他打个电话说，工地上实在是太忙，抽不出时间来，让他买点好吃的，这让左等右盼的红阳非常失望。

年轻人也有感到孤独的时候，他偶尔也全拿出平时攒下来的钱去网吧"放松放松"。有一次，我来武清区办事，顺道来看看他，请他在外面吃饭。我们父子俩边吃边聊着，我和红阳说，希望他要集中精力学习，学会约束自己，多看点好书，切莫荒废好时光。

临分别的时候，我笑着拍了拍他的肩膀，叮嘱道："红阳啊，作为一个年轻人，我和你妈都希望你一定要记住这些为人处世的基本原则：懂得选择，学会放弃，耐得住寂寞，经得起诱惑，努力学习，真诚待人，知道珍惜，懂得感恩！"

和我分别以后的那天晚上，红阳反复回味我说的话，似乎明白了一些人生道理。他在日记中写道："风雨无阻，要守护

追月亮的人

好做人的本色，把握好命运之轮的方向，坚持做一粒好种子，一寸一寸地扎根，春风雨露，茁壮成长。在人生的单行道上，好好做人做事，认真学习，带上自己的阳光前行。唯有如此，人生的考场，才不会走得跌跌撞撞，满身是伤！"

从那以后，红阳再也没有去网吧了，认认真真读完3年高中。高考时，他发挥得不错，最后被北京工商大学嘉华学院（通州校区）录取。大学录取通知书一到，我特别高兴，心想：老张家出了第一个大学生。于是马上兑现了对红阳的承诺，给他发了一个大红包，以示奖励。红阳用了这些奖金，再加上平时攒的零花钱，如愿以偿地买了一台配置较高的电脑，这样以后上网学习更加便捷。

在红阳的印象里，我是一个特别能聊的人，说什么好像都有道理，头头是道，口才极好。因为我总爱给他讲梦想，话将来，美好蓝图多了去了，他便笑称我是一个"画饼大师"——画饼充饥第一高手，当然这都是我们父子间的玩笑，偶尔幽默一下。

红阳想不明白的问题，总喜欢和我探讨探讨，我的大道理和小故事一个套一个，特别善于自圆其说，让他无可挑剔，听得红阳很是高兴。他又给我取了另外一个昵称叫"杠精"，他在手机微信里的备注名，就是这样写的。

红阳小的时候，每晚睡觉以前，都要让我给他讲一个故事："刻舟求剑"、"岳飞精忠报国"、"孙悟空三打白骨精"、"武松

第七章　我爱的家人

打虎"、"宰相刘罗锅"、"红军四渡赤水"等。好在我能编故事，而且从不重复，听着听着，红阳就睡着了。

我总是对妻子说："在我看来，成年人也只不过是超龄的小朋友，这个世界是大家的，生活是自己的，无论有多忙碌，父母都要挤出时间来，和小孩子们融洽快乐地在一起，寓教于乐，寓教于趣，这是所有父母都应该做到做好的事！"

大学快毕业了，红阳应聘来到北京一家跨国公司实习，离家不远，比较方便。2020年春节以后，由于全国新冠肺炎疫情越来越严重，于是，我们和他商量好，回承德老家住上一段时间，等疫情缓解后再回来，让他一个人留在北京，便于居家上班，不影响工作。

红阳是一个爱读书的人，平时喜欢读《诗经》《唐诗三百首》《红楼梦》；外国的文学著作喜欢读《莎士比亚戏剧全集》、马尔克斯的《霍乱时期的爱情》、日本作家东野圭吾的推理小说；中国现当代文学爱读钱钟书的《围城》、余华的《活着》，还有徐志摩、海子和顾城的诗，书中那些妙趣横生的叙述，充满哲理的解析和论点，给他带来了美好的阅读时光。

红阳还是个歌迷，汪峰的《存在》《怒放的生命》，李健的《父亲写的散文诗》，还有崔健、许巍的摇滚歌曲，以及日本的音乐和韩国的电影，他都十分喜欢。而且他还最爱看纪录片频道的《舌尖上的中国》《影响世界的中国植物》等佳作，让他

追月亮的人

大开眼界，惊喜连连。

偶尔，小灵感一来，红阳也喜欢写上几笔，追求一下"古道西风瘦马"的意境。他曾经写过"炎日残明几如许，余晖落叶映晚霞"等的诗句，我觉得还有那么一点儿意思。也许是受我的影响，红阳也比较喜欢文玩，经常去潘家园、琉璃厂走走看看，不过，现在他还仅仅是玩核桃之类的"小手串"。

疫情稍有些缓解，在家里闷了几个月的红阳想外出旅游，出去散散心，目标选择的是日本。我支持他出去说，于是他和尹老师的女儿，一起去了一趟日本。东京、北海道、大阪，异国的风土人情，特别是闲适幽静的街区庭院，优美别致的园林绿化，给他留下了极为深刻的印象。

在红阳心中，我还是那个爱旅游，去过世界上很多的名山大川的父亲。每次旅游回来，我总是先给红阳"显摆显摆"自拍的照片或视频，让儿子也感受一下美景奇境。他觉得我用手机拍的照片比别人拿照相机拍的都要好，特有艺术感。

2015年，弟弟小朝阳出生了，红阳格外喜爱这个萌宝宝，每次回家第一句话就是："我弟呢？小宝呢？"等到弟弟能走路了，他常常带着弟弟去公园、超市、街上走一走，看一看。兄弟俩虽然相差15岁，却没有一点儿年龄上的隔阂，亲密无间。孩子们慢慢都长大了，我心里充满了幸福。

第七章　我爱的家人

第三节　回老家

"岭外音书断，经冬复历春。近乡情更怯，不敢问来人。"这首诗来自唐朝著名诗人宋之问的佳作《渡汉江》。2020年8月的一天，我开着车，载着素银和朋友们，从北京出发，驶过燕山山脉，再往西北，历经4个小时后，终于抵达我的老家——河北省承德县新仗子镇小营村。

这里位于长春到深圳的高速公路潘家沟段东侧，周围被大山所拥抱，满目苍翠，白云悠悠。

我们的新居建在旧宅的前面，大门口挂着红灯笼，池塘里养着鱼，院子里种了一些花草，并建有一处凉亭。一阵阵的花香随风而至，山间清凉，石径通幽，翠树修竹，鸟语花香，绿意浓郁。

追月亮的人

我专门请朋友们来到新居的后面老宅参观，一座满是石台阶、石坡、石墙和石屋的老院子映入眼帘。

朋友们兴奋地说："牛呀，这就是张伶和他妻子素银结婚的地方，50多年了，还保护得这么好，多有时代感，可以做博物馆了！"

晚饭后，我带着朋友们登上东山，坐在净心亭，一览家乡夜景：月映山峦，极是静谧，气象万千。望着远方的星空，朋友感慨说："爱国爱家，不管大小远近，在我看来，一个人至少要从家乡爱起。这让我时常想起少年时亲密无间的玩伴、自由撒欢的田野、砍柴摘果子的山岭、放羊捉迷藏的山间洞穴，还有日夜奔流不息的河水。"

为老家做一些力所能及的事是对家乡的爱，是一种对家乡的反哺。我最佩服的人，是承德一位著名企业家，他曾家境贫寒，后开矿得以致富，致富后投资兴建敬老院，让寡孤老人免费入住，为他们养老送终。为了从资金上确保敬老院持续运营，这位企业家在银行存款2000万元，将来不管他的企业出现什么情况，这笔资金都可确保敬老院正常运行。朋友们听完后由衷敬佩："这位大哥太了不起了，人能做到这一点，才是实至名归的大德大爱之人！"

我也尽我所能，为家乡做一些有意义的事情：为村子铺上

第七章　我爱的家人

水泥路，架设太阳能路灯，方便乡亲们出行；有机会去看望村里五保户、困难户和残疾人，给他们送去米、油、水果和衣物等一些生活必需品。

追月亮的人

人生感言：成功是一种责任

我常常问自己，回顾40多年的人生之路，心里深藏着的到底是什么？又是什么力量让我于困厄之中不坠青云之志，没有陷入潦倒与沉沦，而是艰苦实干，奋勇直前？我和妻子素银，创业多艰，守业谨慎，发展稳健，我们的企业一直走在良性拓展的轨道上，坚守初心，砥砺前行，越来越好。

亲情是一种强大的力量！我永远不会忘记离开小营村时，父母注视的那种依依不舍的目光，疼爱、牵挂、无奈、希望。两双粗糙且近于衰老的手，紧紧握着一双稚嫩的手，那一股特别的温暖流淌着，互相涌动，此时无声胜有声啊！

现在15岁的城里孩子，可能还在父母的呵护之下，锦衣玉食，掌上明珠。而那时候的我，一无所有，无依无助，除了贫

第七章 我爱的家人

困只有清贫。曾经泪洒石壁石橛子小路，是因为环视左右，近乎无路可走，长夜漫漫，何处是明天？

这些年来，万水千山走遍，我也常常凝视夜空，静观远方，总是想在无垠天际和苍茫大地，寻觅父母慈祥而又纯净的眼睛，深情似海，恩重如山，一生难忘，无以为报。爹娘，无论何时何地，我都是你们的儿子，你们是我生命的根，精神的源，力量的太阳！

爱情同样也是一种力量！我也曾暗自思量，假如在我的生命中没有和妻子素银结缘，而是和另外一个伴侣生活，又会是一个什么样的状况？我可以十分肯定地说，绝对不会有现在的幸福甘美，绝对不会有园林绿化公司的兴旺发达，绝对不会有我周游世界的洒脱自在。还有我们可爱的儿子红阳和朝阳，你们也是幸运的，我们四口之家的快乐幸福胜过一切，此生足矣！

每一个普通人，在每一年里总会有那么几天，有着特殊的意义，也总会在那么几天，心有所慨，觉有所悟，行有所思。对于我来说，1987年的少小离家，1997年的贫寒婚礼，1998年的大棚黄瓜，2001年的进京创业，都是我终生难忘的，刻骨铭心，让人唏嘘不已。我们永远都要深爱生你的人，你生的人，爱你的人，你爱的人。

抚今追昔，岁月如歌，不管是曾经的辛苦跋涉，或者重压下的痛苦忧伤，还有成功后的惊喜雀跃，都会让我心起波澜，

追月亮的人

感慨良多。成功是一种责任，对于来自大山深处的我来说，这是没有选择的选择。

文字是一种记录，也是一种释放。笔端的灵动，是笔与心的相通，墨与血的互融，每一笔每一画都能感知你的心境，舒展出你此时此刻的所思所悟，心驰八方，梦回大地！

觉得生命中每一个人的出现，可能都是带着使命而来。他们引导着你，鼓励着你，滋养着你，成全着你，即使伤害过你的人，也是在锤炼着你，完满着你，这一切都是注定的缘分。正因为如此，我们的生活和事业才酸甜苦辣，喜怒哀乐，五彩斑斓，千姿百态。

让心沉淀，静心处世，生活简单就好，快乐惬意就好，且行且珍惜，直至天荒地老，我们的心灵回归本源。

做人讲自由，修道讲自然，修佛讲自在。做自己情绪的主人，不做情绪的奴隶，你就获得了"大自在"。

和朋友们分享，幸福每一天！

张伶

后 记

不断跨越时间的隧道，走过一个又一个春夏秋冬，我的足迹迈入了2021年9月。整个炎热的夏季，北京时而特大暴雨，时而新冠肺炎疫情再起微澜，还有壮观的天安门广场庆祝中国共产党建党100周年庆典，可谓是急难事、麻烦事和重大事接踵而至，应接不暇。

甘霖退暑气，清景迎秋光。在这样紧张而忙碌的日子里，《追月亮的人》书稿也润色完成，仿佛从承德县新仗子镇小营村四组出发，走到现在，这40多年的日子又重新在纸上跋涉了一遍。

这些年来，我的人生百转千回，跌宕起伏，通过自己的艰辛努力，可以说是真正地告别了贫寒的过去，过上了属于自己的美好生活。站在生活的远处，认真审视曾经的日子，我发现很多生活的意义。

想一想，少年时的苦难，青年时的漂泊，坚贞不渝的爱情，创业起步时的艰辛，进入园林绿化行业初期的困惑与探寻，企业管理的不断升级，员工的培训与提高，怎样履行好企业的社会责任，如何做好孝老爱亲，对两个儿子的培养和教育，等等，宛若一部精彩的波澜起伏的电影，都在我脑子里过了一遍。

如果给这部电影取一个名字，我觉得《承德人在北京》就比较合适，真拍出来的话，自导自演，应该有点意思。在这部电影里，我不一定是主角，但是我演好了我的角色。

这部电影里，讲的每句话都是真的，每个故事都是真的，当然也有合理化的艺术增色的地方。关于过去和现在，那些画面常常浮现在我的眼前。而我这些年的生活和工作，也忽远忽近，时大时小，充满了戏剧性、画面感和纵深感。

这本回忆录性质的书，既是对过往的回顾，又是对未来的憧憬。每个人心中都有一座珠穆朗玛峰，大部分的人仅仅是在梦中朝圣，用幻想来装饰梦中远行，只有少数人一直脚踏实地走在攀登的路上。山就在那里，远方的风景就在那里，攀登者一次又一次，用脚步丈量奇崛的人生。

"操千曲而后晓声，观千剑而后识器"，阅千人而后知心。我们可能都在经历平凡的岁月，能做的就是关注世间的变化，

后　记

体察冷暖，感受生老，这样才不枉度一生。

著名作家余华曾在著名的长篇小说《活着》中写道："少年去游荡，中年想掘藏，老年当和尚。"照此说来，我现在应该是"掘藏"的年龄，岁数正好，假以时日，或许我还能创造出新的生活，在园林绿化之外的新领域，做一些对社会有意义的事情。因为，我是一个喜欢体验不同生活的人，对世界充满爱心和感激的人。

我一直这样认为，"三人行，必有我师焉"，而生活，正是每时每刻都在教育和指引我们的最好的导师。生活中遇见的每一个人，他所带给你的诸多信息，无形胜有形，无声胜有声，具有一种潜移默化的影响。

百忙之中，我也读读《周易》《道德经》《论语》等。天人合一是中国传统文化根深蒂固的理念，充满哲理蕴藉的文化内涵，也是无数先哲追求的完美境界。我的理解，一般来说，道作为一个整体，分为天道、地道和人道，高瞻远瞩，涵藏智慧，通晓"三道"之间的关系，用心研习，至为重要。

所谓"云在青天水在瓶"，追求的是一种随遇而安的态度和理性，它告诉你人生的真正意义，教给你如何更好地生活，带你看遍这世间的生死和欣悲，成功者的忧虑，失败者的释然，清贫者的快乐。存在的就是合理的，这一切都如云似水，自有命运的安排。

追月亮的人

佛为心，道为骨，儒为表，大度看世界。技在手，能在身，思在脑，我们应该学会从容地生活。三千年读史，不外功名利禄，九万里悟道，终归诗酒田园。大象无形，大道至简，道法自然。

我想起一位哲人说过的话，"一个人要到60岁才会懂事"，我是第一次听到这样的感慨，它引起了我的深思。是的，在岁月的长河里，如果以万年千载计算，60年只是短暂的一瞬间，人生仿佛一颗彗星划过夜空。面对有限的人生和无限的时空，所悟几许，仁者见仁，智者见智。

《菜根谭》里说得好："文章做到极处，无有他奇，只是恰好；人品做到极处，无有他异，只是本然！"

恰好与本然，说起来容易，修炼起来并非简单。有的人可能穷其一生，都没有让生命之花绚丽地绽放一次，更谈不上享受人生的清欢。

"智者乐水，仁者乐山。"山与水的升华已经成为人格化的存在，自然山水不只是观赏、游览的物质空间，更是人们寄托情感和理想的精神世界和家园。因为我热爱旅行，结识了社会各界的很多朋友，他们热爱生活，求知欲强，勤奋专注，偏重于精神享受，对物质的需求适可而止，并非一味攫取或占有财富，如古人云："此谓之成于中，形于外，故君子必慎其独也。"

"虽有智慧，不如乘势；虽有镃基，不如待时。"作为一个企业经营者，按照人们通常的说法是"穷则独善其身，达则兼

后 记

济天下"。我应该是处于"穷"和"达"中间的那种状态,这样的判断是比较合适的。穷的阶段对我来说刻骨铭心,书中写得比较详尽,至于达,还需要很长时间的拼搏和奋斗。

匠心不朽,薪火相传,蕴藏着博大精深的中华文明,它们的生命之火,照亮人们前行的方向。园林绿化业就是其中之一。触"绿"20年,同心筑梦想。对于我们来说,坚守主航道才能行稳致远,深耕细作才能枝繁叶茂。品质是企业的立业之本,品质就是生命线,有好的品质才能让企业焕发旺盛的活力。

《追月亮的人》一书并不是严格意义上的回忆录,况且我也还没有到写回忆录的时候。此书记录、叙述了一些往事,是我阶段性人生的回望和思考。吾生也有涯,而知也无涯。把自己活成一种生活方式,活得没有时间和年龄的概念,我认为是最好的修为和状态。

我要深深感谢我的父母,你们给了我生命,并在那样艰难困苦的条件下,养育了我们七兄妹;你们给予的物质虽然是有限的,而给予我们精神上的哺育,则是无限的。我要感谢我的妻子素银,是她和我一起,书写了这20多年的创业故事,组建了一个美好而幸福的家庭。

立功、立德、立言,这是千百年来贤达志士追求的终极目标。人贵有自知之明,我还是一个在大海边上玩耍的孩子,鞋子上刚刚沾上几滴成功的海水,远远谈不上"三立"的至高境界,

追月亮的人

这仅仅是我写到这里的一个联想而已。

"不能胜寸心,安能胜苍穹"。有爱陪伴的日子,心灵是温暖的。生命如歌,我将谨记初心,继续奋斗为我们国家实现共同富裕,走向美好生活而继续奋斗拼搏。

是为跋。

张伶

2021年秋,于承德群山之中

张伶摄影集

法国埃菲尔铁塔

印度泰姬陵

津巴布韦维多利亚瀑布

津巴布韦维多利亚瀑布

阿根廷伊瓜苏瀑布

美国尼加拉瀑布

南极蓝冰

南极冰川

非洲奥卡万戈三角洲银河系

非洲奥卡万戈三角洲飞机寻猎

乌干达大猩猩

乌干达大猩猩

非洲野象群

非洲狮子

鲁旺达金丝猴

非洲犀牛

新疆帕米尔高原

新疆白沙湖

新疆喀纳斯（月亮湾）

西藏南迦巴瓦峡谷

青海青海湖

新疆赛里木湖

塔克拉玛干沙漠

新疆温宿大峡谷

珠穆拉玛峰金山

四川贡嘎雪山（金山）

西藏冈仁波齐

西藏布达拉宫

西藏纳木错

西藏纳木错

贵州德天瀑布

新疆喀拉峻布拉克

青海可可西里自然保护区

青海唐古拉山

西藏珠穆拉玛峰

中国西沙

中国西沙银屿岛

乌拉盖草原